99

Y

Y. 82.38. et annulu
3.
et porté depuis a
L. 1491.
29.

LE
TRIOMPHE
DE LA
LIGVE.

TRAGOEDIE NOVVELLE

par *Richelaudrieres*

A LEYDE,
De l'Imprimerie de Thomas Basson,
Anno CIƆ. IƆ. C. VII.

Ce roide bras hauſſé, ce tranchant couſtelas,
Ce cheval bondiſſant, en ce champ, me fait croire,
Que la terre & le Ciel t'appreſtent des combats,
Mais ta ſeule valeur, le Triomphe & la gloire. R.I.N.

A TRES-ILLVSTRE

& Tref-magnifique Seigneur

SAMVEL KORECKY,

Conte de Korec, &c

MOn braue, ieune raion du ciel, l'honneur & l'ornemét de voſtre âge, l'eſperáce des voſtres, le ſubiect & l'obiect ou aboutiſſent leurs plus auguſtes ſouhaits, mon braue, encor que l'hommage qu'on doit & qu'on apporte aux pieds de la grandeur, & la grandeur n'aillent pas a l'eſgal: Qu'on n'appende rien aux autels d'une ſublime diuinité qui ne pende l'aiſle vers la terre, & ne deſcouure ſon inegalité: Toutesfois vne ſimple main leuée, vne goutte d'eau, vne pomme

dans

dans la main d'vn subiect, le maintien-
nent en la saisine de ses biens, sont ag-
greables a son Prince. La fumée d'vn
grain d'encens donne iusqu'au ciel au
travers de l'epaisseur des airs, le parfu-
me, sert d'ombre a nos pechez, de nuë à
l'Eternel pour les cacher & ne les voir.
Vn soulpir entrecouppé doucement
bassement eslancé du fonds de l'ame
fidele, y tonne, y esclatte, s'y faict donner audience au milieu de la presse, &
y est le tant bien venu qu'il ne retourne iamais la main vuide. Ce seul respect me fait hasarder mon vol vers
vous, & sert d'ancres & d'arbouttans
aux deffiáces d'un bel oser qui ma pris
de faire marcher sous l'adveu & le tiltre de vostre grandeur, ce miserable
enfançon qui a peine fait le seulet ; &

vous

vous pourra saluer en begaiant: Voiez, qu'il vous fait les doux yeux, tendés lui la main, serués lui de hausse menton pour le faire paroistre, d'ame & de forme pour l'aviver & le rendre tout parlant, comme le Soleil donnant sur l'image de Memnon. Il fera en recompése le voiage du ciel pour vous, & le suppliera que ces Triomphes triomphez soient augures infallibles de vos Triomphes triomphâts: ces passifs, de vos actifs: Ceux de mô Prince, cest Alexandre de France, l'astre du bonheur des siens, le Comete du malheur de ses ennemis, l'abbregè & le racourci des plus grands Princes, les Fourriers & av antcoureurs des vostres: Ceux de ce grand Mars Chodkiewycz vostre Oncle, qui a emoussé & fait perdre la Trempe

aux armes de Suede , mis a l'ambeaux
& a hachis le dos de ses ennemis, a la ré-
verse & de pieds contre mont la fortune du Duc Charles , & le tient encor
pour le iourd'hui sous le fouet & la ver-
ge, leurs côtemporels. Que les voſtres
ſeruent de Patron a ce jeune Aiglon
Charles voſtre frere: Que les prudents,
les graves doux conſeils, ſaines, & ſain-
ctes inſtitutiôs de ceſt autre Connidas
voſtre Albert Skoracwicz ſoient autãt
d'aiguillons, autant de feux pour vous
y pouſſer, pour vous y eſchauffer.   Vn
ſervice vaut l'autre, mon brave , vous
lui donnerés comme l'eſtre & le croi-
ſtre, vous arracherés la dent de l'envie
qui voudroit mordre deſſus, & atten-
drés certainemét l'effect de ſes promeſſes & leuenemét de ſes deſirs, qui vous
                              veulent

veulent voir eternifé & enté fur l'im-
mortalité. Que fi on lui dit que la Frãce eft au deffus du vent, au couuert de
l'orage, & de la tormente, a l'abri des
vagues & des tempeftes ciuiles, releuée
de l'accouchement de fes ruines, toute
drue, toute belle, en fes habits nuptiaux
en fon en bon point : qu'elle a changé
fa croix en gloire : fes aigreurs en dou-
ceurs: fa trifteffe en lieffe: fes cris en ris:
fes afflictiós en feftós & girlãdes. Que
l'amneftie Roiale a mis au ban & au
tõbeau toutes animofitez, toutes par-
tialitez. Pourquoi donc il la voifle ici
d'un crefpe noir ? il la peind toute ef-
cheuelée, toute ridée, toute froncée?
d'une contenance pitoiable, d'un vifa-
ge morne, criant a l'aide & au meurtre?
les mains rouges de fang, armées de fer

* 4   &

& de feu, pour tout efgorger, pour tout embrafer? fourmillâte d'ennemis? bourraffée de vents violents? Submergée d'un courant de torrents? deffaite à platte coufture? fans efpoir de reffource? de r'alliement? Si ce n'eft pas regratter fes plaies? rafraichir fes douleurs? ecclipfer fon fouleil en fon Orient, en fon leuant? orager & brouiller fon beau ferain? troubler fon calme? r'allumer fes feux amortis? r'animer fes courages amollis? l'a remettre aux prifes? en contrafte? Il fe recognoift, Si ceft baftir vn efcallier pour monter a l'empire, a la dictature, en monftrant les armes de Brutus, d'Æfchillus toutes fanglantes, Cæfar & Timophanes, tous ouverts, tous couverts de plaies? Attacher des aifles au dos de ces ames fourcilleufes,

bour-

bourſoufflées & enflées d'ambitiõ, en les menant ſur l'Eridan & leur faiſant voir ce poure Icare tout bruſlé, tout noié ? Relever la creſte a ces ames de boüe, rãpantes ſur le limon, les guinder & ẽporter au de la du ciel pour y trouver Iupiter, le combattre & l'abbatre, en leur faiſant voir ce geant Poliphéme aterré & foudroié a ſes pieds ? Deſbaucher Lucrece, entretenir & nourrir Laïs en ſa vilenie, en leur monſtrant ce braue Thesée apres tant d'exploits priſonnier en Moloſsie ? Alcibiade, enfumé, lapidé l'eſpée au poing ? Samſon, pris au giron de Dalila, ſes forces raiées aueuglé & goſsé de la Paleſtine ? Antoine effeminé, deshonoré & perdu entre les bras de Cleopatre ? Sardanapale ſur une pile ? mais pluſtoſt qui ne voit la mort d'un enfant, couuert neantmoins d'un legitime lien, faire fendre le cœur, fondre les yeux & tirer larmes de fang a fon poure pere, lui faire porter la main fur la cõfcience, fe battre de coups, s'abbattre deuant l'Eternel, affamé de fa grace, alteré de fes bontez, crier apres fa mifericorde? Et puis, Dieu qui eft defcendu, qui a paru fur le theatre a joué fon roole & n'a iamais quité l'efchafaut qu'apres auoir ataché Ixion a une roüe, exaucé la voix lamétable de Philoctete: laiffé Haman au bout d'une corde: Mardochée dans un palais : mis hors d'efchec & de danger au milieu des dágers, la vie de ceux qui portét fa liuree, marchent a fa folde, & ne fe plaifent de viure en terre que tant qu'il leur defend d'y mourir : leue fon mafque, veuteftre recogneu

recogneu au plus espais de la foule , en
ses jugements, en ses defenses. Il y va de
sa gloire, de la providence. & qui heur-
tera contre? Abraham peindra en gros-
ses lettres au front de son oriflam &
n'aura en la bouche que ceste response,
Le Seigneur y pouruoira , & nous tai-
rons qu'il y ait pourveu? A la moindre
veue, a la touche, & la luicte d'un Ange,
au fonds de la nuict, au couvert des tenebres, Iacob dressera un memorial de
pierres, vne souvenáce , vne recognois-
sance locale : & a celle de l'Eternel , en
plain midi, a la veüe de la Fráço, a l'ouie
d e l'Europe , nous n'en bastirons vne
de papier? Qui ne le seroit, que ces Tigres, qui au bruit tonnant des louanges
de Dieu, au son esclattant des valeurs
de leur Prince, a l'aubade & aux villa-
nelles

nelles du relevemét de la couche mor-
telle d'vn eſtat, aux chants victorieux
des favorits du Ciel, entrent en fureur?
Que ces Tirtées qui ne cornent que le
meurtre & le ſang? Que ces cervelles
mal timbrées, ces ames mal cimentées
a tout bien? Soit, qu'il ſorte donc, s'en
aille, vne ſimple baguette a la main,
ſans armes, ſans paſſe-port, ſans eſcorte
que de l'honneur & de vous a qui je
demeure juſqu'au tombeau,

Mon Braue

Voſtre intime & affectionné
ſerviteur

De N. N.

A ij

IE fouhaiterois, ami Lecteur, que le poux battiſt touſiours a mes actions ; qu'elles fuſſent ſans point, ſans virgule,toutes d vne tite:que la fin de l'une enfantaſt le commencement de l'autre:que ie n'achevaſſe iamais que pour cômencer:que mon repos,mon dormir fuſt en lievre.en grue,les yeux tous ouverts,la pierre a la bouche,& ſur vn pied.Mais puis qu'il eſt impoſſible, qu il n'y a action qui ne deſagiſſe,côtinûité qui n'ait ſes baſtons rompus,Guerre ſes treves,ſepmaine ſon ſabat, Muſique ſes pauſes, travail ſon repos, orateur ſon ſilence,Muſes leurs vacances,eſcrivain ſes points,Il m'a ſalu donner aux miennes quelques pauſes, d'eſtendre par fois mon eſprit pour ne le rompre, lui donner repos pour travailler davantage. Ceſte neceſſité naturelle, la beauté de ce ſubiect qui n'a iamais eſtè manié, & la requeſte de quelques vns,m'ont fait jetter deſſus. Ie ne l'ai iamais fait que pour me delaſſer:encor y ai-ie plus dependu de papier,que de peine. Ie ne ſuis pas ſi mauvais meſnager du temps que de l'emploier ſi mal. Si tu prends la patience de le lire,fai côme moi de l'eſcrire, tu ne t'en repentiras pas davantage, & retrancheras autant de ton ennui, & de tes travaux que du crime dont tu me voudrois charger,emploie y le têps que tu ne ſçaurois ou emploier & tes heures perduës. Si tu le reçoi d'vn bon œil tu m'obligeras,a te remercier,a pourſuivre ou a te preſenter choſe de plus haute lice. A Dieu.

Doctiſ.

Doctissimo R. I. NEREO,
Pro Gallica Tragœdia.

GRæcia quæ primum Tragicos est ausa
    furóres
Hoc quóq; mentitum protulit auctor opus.
Infelix Athamas, & quæ nunc nomine verso
    Æquoreas inter dicitur esse Deas,
Virque suæ matris pariter, genitorque sororũ,
    Et scelus, & furiæ tristis Oreste tuæ,
Nec suus Alcides, nec par Telamonius iræ,
    Implebant miseris mœsta theatra modis.
Nereus patrio, sed certior, astra cothurno
    Pulsat, & historicũ syrmate multus obit.
Falsarum satis est: nunc vera Tragœdia nomē
    Postulat, & fidei plus, satis artis habet.
Pulpita cui cedunt, quantum mendacia vero,
    Quantũ corporibus sumus & umbra suis.

Ex tempore ludebat,
    D. HEINSIVS.

Fin de l'Autheur.

Mon dessein n'a pas esté
En ce mien petit ouvrage,
D'habiller la verité
D'vn magnifique langage:
Mais bien de dire a nos fils,
Ce que nos Peres en France
Ont dit, fait, souffert iadis
Pour en eviter l'offense.

A sa Tragædie contre les Zoïles.

Ces Aristarques, ces chenilles,
Qui ne font que mordre & róger,
Les bons escrits des plus habiles
Te voudroient tout entier manger,
Si tu n'avois pour ta deffence
De ce Chevallier la vaillance.

Entre-parleurs.

Conſtance, garde-loïx.
Gieſu, Roï imaginaire.
Numiade, Vice-Roi.
Ieuſoie, Aimeſer.
Nicodeme, timide.
Valardin, Capitaine.
Monſerpiné, Catholique
Viſteie, harengueur ſeditieux
Legier, Courrier.
Hieroſme, Eſcuier.
Galopin, Meſſager.
Chœurs.

LE TRIOMPHE DE LA LIGVE.

TRAGEDIE.

Acte Premier.

Constance Garde-loix.

DEsia du blond Titã la perruque dorée,
Espand ses clairs raions par la voute
azurée :
Et ia ce char brillant recommenceant
son tour,
L'âge de l'vnivers accroist d'vn nouveau jour.
O toi qui pour sauuer de la patte cruelle,
De ces loups acharnés ton seruiteur fidelle
As ceste nuict campé pres de moi sommeillant
De tes anges esleus le bataillon veillant :
Qui malgré les haineux de ta povrette Eglise,
Au milieu de leurs dars, nous tiens sous ta frãchise:
Qui leur serre la bride ou lasches quand tu veux,
Qui asseure nos pas, qui contes nos cheveux,
Qui scais de combien dans nostre vie est bornée,
Seigneur preserue nous, beni ceste journée :

A   Vueille

Vueille Eternel garder la Roiale maison
De conseiller flatteur, de meurtre & de poison:
Garde nos Princes chers, le Senat, la Noblesse
Et le peuple mourant : O Seigneur ne delaisse
La deplorable France au plus fort du danger,
Pour gemir sous le joug du barbare estranger.
Ah ! povre France helas! pitoiable & benigne
Tu as nourri l'aspic qui breche ta poitrine:
Tu trouvas ces Tirans en la fange icttés,
Tu les mis dans ton sein, tu les as alleicttés,
Tu leur as fait succer de tes fils la substance,
Tu les as eslevés, Mäis pour ta recompense,
Ils veulent ces ingrats de tes bras arracher
De tous tes chers enfans ton enfant le plus cher.
Le sanglant assasin est mis en embuscade:
Le Toscan dans vn plat tire son estocade:
Tant & tant de Iudas, pour leur maistre livrer,
N'attendent que le prix ia prest a delivrer.
De lui & de l'estat, disposent temeraires,
Son conseil est rempli de leurs pensionaires,
Revoltent ses Cités, gaignent ses Gouverneurs,
Exilent ses servans : les Courtisans menteurs
Sont tousiours importuns, pendus a son oreille,
Et si le Roi des Rois pour nostre Roi ne vueille.

FRANCE

France c'eſt fait de toy,perdant a ceſte fois
Ton antique grandeur,& le nom de tes Rois.
L'on t'a cent fois predit ton malheur miſerable,
Mais tu n'en faiſois cas, non plus que d'une fable.
Pluſtoſt tu les armas contre tes propres fils,
Et pour les advancer les tiens meſme desfis,
De ta maraſtre main.Tu fis rougir les ondes
Du ſang de tes neveux,tes rivieres profondes
Trainerent dans Neptun mille corps carnagés
Pour teſmoigner l'horreur de tes faits enragés:
Et lors ces avortons te goſſoient gueule ouverte
Pour l'eſperé profit de ta ſanglante perte.
Ingrate Nation! Que maudit ſoit le iour
Qui premier te fiſt voir ceſte Francoiſe cour.
He ! que pluſtoſt n'y vint vn armé crocodile
Vn louche baſiliq,& cent mille & cent mille
Envenimés ſerpents? Que pluſtoſt les lions,
Les Pantheres,les Ours,les Leopards felons,
N'y vindrent ils loger? He ! que pluſtoſt encore
La palliſſante faim,la peſte qui devore
Sourdement les humains, & tous genres de maux
N'y furent ils receus,que ces fiers vipereaux,
Qui ouvrent noſtre flanc,deſchirēt nos entrailles,
Rempliſſent tout d'horreurs,de cris,de funerailles.

A 2   O Fran.

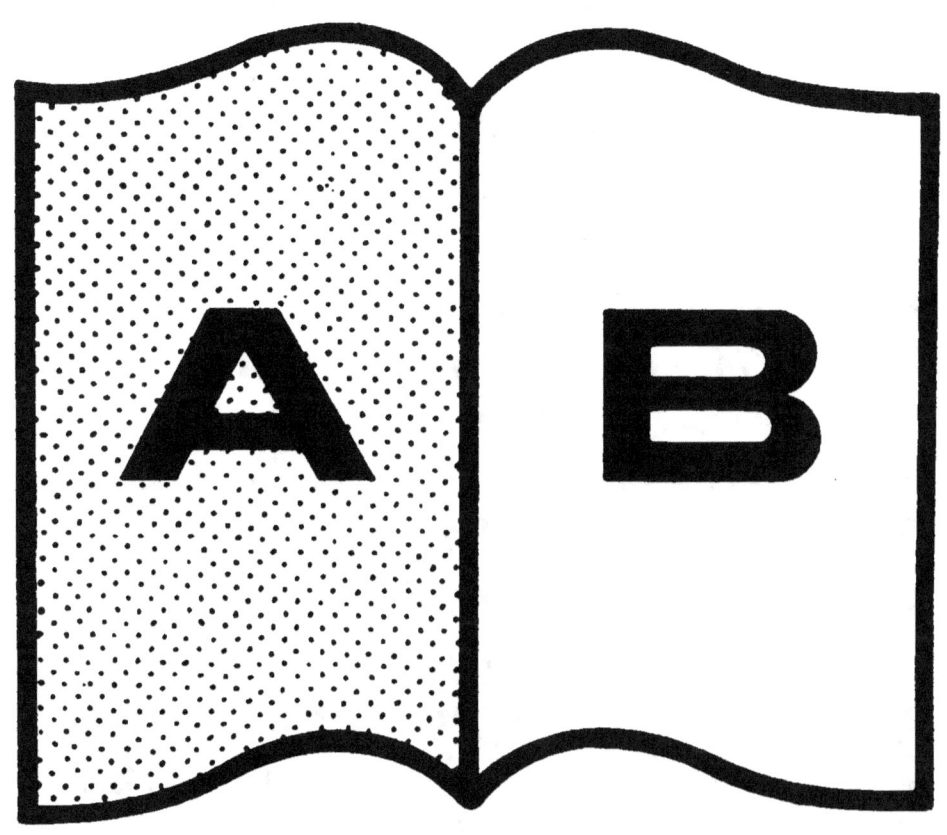

Contraste insuffisant

NF Z 43-120-14

Ô François retrompé, ô aveugle François
Qui ne t'es souvenu du grand cheval de bois
Par qui tes vieux ayeux & leur antique Troie
Croiant à l'ennemi furent des Grecs la proie.
Qui n'as cognu le fard, d'un Sinon desloial
Couvant dedans son cœur le brasier infernal
Qu'ores tu vois fumer, qui petille & s'enflame
Glaçant, contraire effect, de froide peur ton ame.
Or si du mal passé, adverti tu n'as creu
Garde toi maintenant du danger apperceu.
Il vaut mieux, bien que tard, s'opposer a la rage
De ce monstre testu, que souffrir d'avantage
Ses cornes se hausser: Monstrons donc vigoureux
Que France encor nourrist des enfants genereux,
Issus des vieux Gaulois, & que les dextres fortes
Terreur de l'estranger, ne sont pas toutes mortes.
Que nous pouvons encor par le fer disputer
Le sceptre tant gardé qu'un rapteur veut oster
De la Roiale main, puis ayant la victoire
Au Roi soit le profit, & au seul Dieu la gloire.

Chœur.

Qve celui est comblé d'heur,
    Qui franc de crainte & d'envie,

                                    D'vne

D'vne ambitieuse ardeur
Ne torture point sa vie.

Qui d'vn contre gueretier
Seillonne le champ blettier
Delaißé par ses vieux peres :
Qui riche en sa povreté
Loing des Civiles miseres
Poßede sa liberté.

Qui pour priver de lingots
De Perou l'Isle dorée,
Na tenté les chenus flots
Du Tempestueux Nerée.

Qui n'a iamais veu nager
La flotte de l'estranger
A ses rives areneuses :
Qui n'a point creu abusé
Aux artifices flateuses
D'vn ennemi trop rusé.

Il ne voit de sang fumeux
Rougir les blondes campagnes
Ni des scadrons impitieux
Onder au vent les enseignes.

Il ne

Il ne voit en ses vieux ans
　　Ravir de ses chers enfans
　　La substance nourriciere;
　　Et iamais l'effort mutin
　　D'vne troupe meurtriere
　　Ne met sa vierge au butin.

Il ne redoute endormi
　　Que les guerrieres cohortes
　　D'vn estranger ennemi
　　Attaquent ses foibles portes.

Il repose en doux sommeil
　　Et n'attend a son resueil
　　D'vn desastre la nouvelle;
　　Et vivant content du sien
　　Ne craint qu'vne ardeur bourelle
　　Soit envieuse a son bien.

Mais les plus celebres Cours
　　Ne sont de ces maux exemptes:
　　Tousiours la grandeur tousiours
　　Sent ces peintures cuisantes.

Sans du mouton decoré
　　Le riche cotton doré

Iamais

Iamais le grec Argolide
N'euſt laiſſé ſes moittes bords
Pour ravir au roi Colchide
Et la fille & les Threſors.

L'envie aborde pluſtoſt
	Au Palais d'vn grand reyaumé
	Qu'en l'humble & petit Caſot
	Baſti de boue & de chaume.

Les rochers hauts eſtevés
	Sont plus baſtus, plus grevés
	Par la foudroiante dextre
	D'vn Iupiter courroucé
	Que l'vmbreux vallon champeſtre
	Au pied d'vn mont abbaiſſé.

Plus vne province on voit
	D'honneurs & de biens feconde,
	Plus l'uſurper on voudroit
	Tant ce fier venin abonde.

L'oppulence des Cités
	Rend les peuples frequentés
	Des nations moins voiſines,
	Puis la frequentation
			Produit

Produit les flammes mutines
D'vne ardante ambition.

Rien n'est tant pernicieux
A vn estat bien tranquile
Que recevoir trop piteux
Vne estrangere famille.

Le mercenaire incognieu
Lors qu'il se voit parvenu
Tasche de son sang accroistre:
Puis ayant accreu son rang,
Conspire contre son maistre
Et son legitime sang.

Il trouble ores sa maison
D'vne querelle intestine
Or par la noire poison
Contre sa vie il machine.

Il revolte ses subiects
Par mille sanglants proiects
Pour l'ingrate recompense
D'avoir pris de lui le soing:
Ton desastre, ô povre France!
En sert asses de tesmoing.

Scene

Scene seconde.

Giesu. Numiade. Ieusoie.

Giesu.

CEst trop temporisé il se faut mettre au monde
L'a fortune nous rit, le Ciel, la terre & l'ondé
Semblent favoriser nos superbes desseins.

Numiade.

Nous voi la eslevés aux honneurs souverains:
Car les Princes les Rois pippés par nostre amorce
Leurs sceptres font ploier sous nostre ieune force.
Gies. L'un pour entretenir de la ligue le cours
Les doubles pistolets nous offre pour secours.
Nu. L'autre promet d'armer la guerriere Allema-
Et ce duc Môtagnard fait briller la câpagne (gne:
De Morions crestés, menaçant toutesfois
Pour colorer son ieu le peuple Genevois.
Puis le riche Clergé de la Romaine Eglise
Bien qu'avare & taquin fournit a l'entreprise,
Gies. Ses beaux escus choisis nous pleuvêt dans la
Côme floccôs neigeux sur l'appenin hautain (main
Nu. Contre le naturel, l'or viêt de Rome es Gaules.
Ieus. Paris second Atlas, nous soustiêt les espaules.

A 5   Mais

Mais pour le verd laurier, le lis en cercle rond
S'appreste en peu de iours pour nous presser le fr̃ôt.
Bref tout nous applaudit, tout monopole & brigue
Et n'est pas vrai Chrestien qui n'a signé la Ligue.
Que nous soimes accorts, que nous sommes discrets
D'avoir teu si long temps tant d'important̃s secrets.
D'avoir par le devant tousiours pris la fortune,
De n'avoir negligé occasion aucune
Qui nous peust advancer, mesme en ces differents
Que pour nous ont tramés nos geniteurs parents.
Nous nous sommes deffaits par la sourde finesse
Des Chefs plus redoutés, de la crainte noblesse
Qui ne scait qu'au pourchas de nos sages germains
François bien que jeunet rougit ses tendres mains,
Au sang de ses subiects voire eust fait davantage
Si la fatale sœur eust retors son bel âge
Iusqu'a deux fois dix ans, tellement qu'a souhait
L'on eust France & François sans grand travail
                deffait?
Charles lui succedant lors nostre race habile
Alluma le brasier d'vne guerre civile
Et cruelle, & sanglante, & sans le triste sort
Qui poussant nostre Chef dessus le sombre bord,
Rendit & Ligue & nous ainsi comme en tutele

                                    Nous

Nous feußions main tenant Frãcs de ceste querele
Honorés dans vn louvre, & le sceptre puißant
Iroit dans nostre main son bel or iaunißant.
Mais las ! la paix survint durãt nostre âge tendre:
Toutesfois par sous main nous remuons la cendre
Du discord amorti, & suivant peu a peu
Le trac des devanciers nous r'allumons le feu :
Nous poußons les François pesle mesle au carnage,
Faisant tousiours profit de ce mutin dommage.
Or ainsi qu'vn ouvrier excellent & subtil
Se sert ores d'vn bon or d'vn mauvais outil,
Par la paix retournant en paix nostre ennemie
Nous surprenons au lict vne troupe endormie
De ces gens abhorrés, & desquels le resueil
Soudain fut tallonné d'vn eternel sommeil.
Des Femes, des enfants, les complaintes les larmes,
Ne peurent adoucir la fureur de nos armes.
Tout paße par le fer. Tu le scais bien Paris
Toi qui en beus le sang , & resonnas des cris :
Qui en fis en pourprer ta nourriciere Seine
Qui des corps tronconnés regorgeoit toute pleine.
Qui en ionchas les champs lear baillant pour tom-
        beaux,
Les ventres affamés des Chiens & des Corbeaux.
                            Charles

Charles tu le scais bien quelque part que ton ombre
Soit pasle retenu; Tu scais encor le nombre
Des corps assasinés, & scais qu'en vne nuict
Pour nostre advancemêt, tu fus presque destruict.
Mais scachât, bien que tard, que le but sanguinaire
De nostre sainct complot estoit de te deffaire.
Qu'on se servoit de toi comme d'vn furieux
Pour te rendre aux François plus que tigre odieux
Indigne de ton sang, tu t'en mis en cholere
Tu en voulus parler, mais on te fist bien taire.
Or ce soudain trespas, ni les Chefs massacrés
N'ouvroient encor le pas a nos desseins sac és
Restoit encor vn Roi, & a ce Roi vn Frere,
Des François honoré, craint en terre estrangere.
Parquoi fut resolu de rendre surmonté
Ce Duc n'ai aux combats, au labeur indomté.
Ce grand Duc nostre effroi , qui pour son sang
         n'espandre,
Tiroit de France Mars pour l'emmener en Flâdre.
Qui Prince ambitieux, diligent, remuant,
Aspiroit au bon heur qui nous rit maintenant,
Et qui neust promptement ceste grandeur esteinte
Cestoit fait, cestoit fait de nostre ligue sainte
Nous seriôs hors d'espoir du beau sceptre approcher.
                        Bref

Bref ce fut vn beau coup de nous en depefcher.
Voila des premiers traits de la ligue tramée,
Tantoft a ieu couvert, tantoft a main armée.
Nous touchons a l'effait, mais il faut amufer
Le peuple murmurant & fubtils l'abufer:
Lui promettant tenter le hafard des batailles,
Pour moderer l'impoft, pour rabaiffer les tailles.
Que piteux nous voulons de fon col arracher
L'infupportable ioug, que nous voulons tafcher
De changer en repos du François le martyre
Qui fot en nous croiant tombera dans vn pire.
Car ayant mis a bas la maifon de Bourbon,
Leur Roi ira paffer le fleuve d'Acheron.
Gief.   Quel fubiect prendrons nous puis qu'il eft
    Catholique.
Ieuf. N'importe du fubiect, le palais Plutonique,
Sera fon louure aimé: le fleuve Stygien
Sa feine ferpentant ; le Tenarique chien
Son limier plus cheri: l'antre de Perfephone
Au lieu du brillant char du clair fils de Latone
Sera devant fes yeux: Et pour tous ferviteurs
Pres de lui fe tiendront les Eumenides fœurs.
Cependant glorieux nous irons faire guerre
En defpit de Neptun a la riche Angleterre

Dont

Dont vous ayant fait Roi & voſtre eſtat en paix
Nous irons empieter & Sedan & Iamais. (Iame
Gieſ. Que i'auroi de plaiſir ſi le ſoing qui m'en
D'vn ſouci tenailleur ne torturoit mon ame,
Craignant que l'Eſpagnol qui l'argent nous depart
Ingrat a nos labeurs nous face maigre part.
Ieuſ. He le vieil radoté, ne voit il que la parque,
Eſt preſte a l'envoier dans l'infernale barque,
Conter au vieil Charon que tant qu'il a veſcu,
Il a plus par l'argent que par le fer vaincu.
Quil laiſſe ſes enfans riches de ſa rapine,
Quil braſſa ſourdement de France la ruine,
Et que pour du paſſé finement ſe vanger
Il pouſſoit les François a s'entre-carnager.
Mais ſoit que deſpité il tempeſte & menace:
Soit qu'il reſpire l'air, ou que Lethé il paſſe
Au royaume nuiteux, il faut ſeſuertuer
Sans aucune pitié de ravir, de tuer.   (dye?
Tout nous eſt iuſte & bon: He! qui voudroit ſe fein-
Qui veut eſtre honoré, il ſe faut faire craindre.
Plus n'eſt ores beſoing de tiltres ni d'adveux
Pour poſſeder un bien que dire je ne veux.
Puis donc qu'au raviſſeur la force ſert de tiltre,
Mieux vaut riche perir que de languir beliſtre.

                                                    Face

Face donc qui voudra l'hipocrite ou bigot
Qui aura des escus il sera huguenot.
Il n'est que d'en avoir, ô Fortune amiable
Deesse qui nous as esté tant favorable
Demeure avecques nous, ie te prie, a iamais
Et nous ne craindrons plus ni le Roi, ni la paix.

Chœur.

Combien voit on perissables
    Des Monarques redoutables
    Les passageres grandeurs
Combien cil qui son heur fonde
    Sur le fresle appui du monde
    S'amoncele de mal heurs?

Ce bien qui nos cœurs enlace
    N'est qu'vn nuage qui passe,
        Qu'vn vent roullant dedans l'air:
    Et ses flateu ses delices
    Ce beau lustre ses blandices
        S'en volent comme vn esclair.

Tesmoing ce Tiran superbe
    Qui reduit a paistre l'herbe

Vit sa grandeur tresbucher:
Tesmoing le vieil Roi d'Ardane
A qui sa ville Ancienne
Fut un funeral buscher.

Ainsi la cité Thebaine
D'honneurs & de thresors pleine
Vit ses Princes carnager
Et par un tel parricide
La Couronne Agenoride
Parer le front estranger.

Ainsi Rome l'orgueilleuse
Du monde victorieuse
Se destruit par ses debats:
Et or la France abrutie
Ne peut estre divertie
De courir a son trespas.

Rien n'est ici bas durable,
Dieu veut ouvrier admirable
Que ce tout retourne en rien :
Mais la mondaine sagesse
Adore plus la richesse
Que le seul autheur du bien.

L'ambition, l'avarice

Ont tant secondé le vice
Que la Foi n'a plus de lieu,
Mesme au premier bruict qui vole
Nous recourons a l'idole,
Et tournons le dos a Dieu.

Le monde nous fait la guerre,
Et pour un bien peu de terre
Nous voulons quitter les Cieux:
Et craignant l'effort des hommes
Lasches de cœur que nous sommes,
D'un mal nous en faisons deux.

Ceste divine clemence
Qui en l'antique ignorance
Ne nous voulut pas laisser,
Nous laissons, ô miserables
Pour retourner execrables
Aux Dieux de bois encenser.

Malheur aux grandeurs mondaines
Malheur aux richesses vaines,
Malheureux qui pour support
Sur la vanité s'appuie,
Cerchant pour lumiere & vie
Les tenebres & la mort.

B

He n'aurons nous plus memoire
De ce grand Dieu de victoire
Par nos peres adoré ?
Dieu qui void la terre basse
L'onde & l'asurée espace
Ou luit ce flambeau doré.

Tremblerons nous sous la garde
De si bonne sauvegarde,
Qui peut mieux donner secours
Que ceste maiesté prompte
Qui scait nos cheveux par compte
Nos ans, nos mois & nos iours ?

La main qui sauua puissante
Sa Hierusalem mourante,
Ne peut ell' sauver aussi
La povre Eglise estonnée ?
Seroit sa force bornée
Et ce long bras r'accourci ?

Plustost du Ciel la cholere
Tombera sur l'adversaire
Endurci en son forfait :
Et quoi qu'il puisse entreprendre
De Dieu qui nous veut defendre

Le vouloir n'est sans effect.
Comme celui qui toucher cuide
Le haut d'vne piramide
N'atterre estonné ses yeux.
Ainsi cerchant au Ciel placé
Destournons & cœur, & face
De ce monde vicieux.

Acte second.

Constance, Nicodeme.

Constance.

DOnc de ton fier dessain le barbaresque essait
Tu pense a cheminer ores a ton souhait?
Dont tu cuides planter, par la loi de l'espée,
Sur ton coulpable chef la couronne vsurpée,
Et comme si ton ombre ô perfide ligueur,
Pouuoit lier nos bras, & glacer nostre cœur?
Tu fais or le paon, tu brauaches, tu roues :
Tu gourmandes le Roi, & de la Cour te ioues :
Tu l'as contraint changer, son conseil aueuglant,
L'edict sacré de paix, a vn edict sanglant,
Inhumain & cruel, & par ceste entreprise
Soldat de l'Antechrist tu attaques l'Eglise :
Semblable aux fiers geants qui de la terre nés

Pour

Pour escaller le Ciel, planterent obstinés (tre

Pinde, Osse & Pelion, mont sur mont pour comba.

Le tonnant Iupiter & par terre l'abattre.

De tel orgueil enflé Cyclope furieux

Tu oses deffier le Dieu victorieux

Qui armé de courroux, d'esclairs & de tonnerre

Bornera s'il luy plaist ton audace & ta guerre.

Caligule, Neron, qui voudrois les François.

N'auoir tous qu'un seul col pour pouvoir a la fois

La Frāce d'un seul coup de guerriers rēdre veufue.

Doubtes tu abusé qu'encore il ne se treuve

Cent mille chefs Gaulois, cent & cent mille mains

Pour dompter la rigeur de tes faits inhumains?

O Dieu qui es toufiours l'Asile & la defensè

De ton peuple affligé, voi nostre poure France,

Voi tes tendres enfans couverts de tous meschefs

Voi les glaives penchants dessus nos tristes chefs.

Voi ta poure Sion comme en terre abatue .

Voi ta fille la paix deschirée & rompue:

Voi Moyse en mespris, voi Seigneur que ton nom

Couure des rauisseurs, l'ardente ambition,

Couure leur cruauté, & leur felonne rage:

Accours donc t'opposer a ce mutin orage.

Nous confessons helas! que tu es enflammé!

Iuste.

Iustement contre nous, nous avons allumé
Par nos crimes sanglants le brasier de ton ire,
Nous t'avons offensé, Mais nous veux tu de-
struire?
Las pere & iuste & bon modere ton courroux
Et retien en frappant la pesanteur des coups.
Nic. Comment, osez vous bien parler de Dieu
encore?
N'avez vous point de peur que lon vous face enclore
Au ventre d'un cachot & finir pourement
Le reste de vos iours, en misere, en tourment?
Ne redoutés vous point qu'un ligueur vous escoute.
Const. Ie ne crain que mon Dieu, lui tout seul ie
redoute,
Nic. Quoi, voulez vous chercher un violet trespas?
Côst. Ie ne le cherche point, mais ie ne le crain pas.
Nic. Vous n'aves point d'effroi de la mort effroi-
able?
Const. Elle est cômune a tous, partât inevitable;
Mais aux enfans de Dieu elle n'est plus la mort
Ains seulement le pont par lequel l'homme sort
Des miseres du monde, & sans la mort benigne
L'homme ne pourroit voir la lumiere diuine.
Nic. Ie le croi comme vous & la crains toutesfois.

B 3   Const.

Conſt. *Qui croit bien ne craint pas : les Princes*
　　　& les Rois,

Les puiſſants Empereurs, les ſuperbes Monarques
Sont tous aſſuiectis aux filandrieres parques.
Il faut laiſſer ce corps, & auant qu'eſtre nés
Nous ſommes pour butin a la mort deſtinés,
L'un toſt, l'autre plus tard. Nico. *Mais aués vous*
De vous opiniaſtrer & perdre voſtre vie?　(enuie
Conſt. *Ie ne la ſçauròi perdre, elle eſt en trop bon*
Le nõbre de mes ans eſt en la main de Dieu (lieu,
Nic. *Dieu nous a delaiſſés au plus fort du deſaſtre.*
Conſt. *Mais vous mais vous pluſtoſt pour cour-*
　　　rir idolatre

A la pierre & au bois & auez pour recours
Immolé a des Dieux, muets, aueugles, ſourds
A des Coloſſes vains. Nic. *Ie ſçai bien que l'image.*
Ne me peut faire bien, ne profit, ne dommage.
Conſt. *Il ne peut faire bien, mais vous en l'adorãt*
Prouoqués du grand Dieu le courroux foudroiãt.
Du Dieu fort, Dieu ialoux, dont l'horible menace
S'eſtend de pere en fils, paſſe de race en race
Des peuples rebellés, Dieu qui ſon Iſrael
A ſouuent chaſtié pour auoir ſur l'autel
Des faux Dieux encensé, Dieu de qui la parole

　　　　　　　　　　　　　　　　　Nous

Nous defend de ploier le genouil a l'idole,
L'honorer la servir. Nic. Ie ne veux l'honorer
Si l'idole le voi ce n'est pour l'adorer.

Const. He! n'est ce l'honorer quand devant on
s'encline?

Nic. Oui bien si lon iugeoit du vouloir par la mi-
Ma bonne intention nie & genoux & mains (ne,
Et ne voi qu'a regret ces dieux forgés & vains.

Const, Pourquoi les voiés vous? Nic. Ie les voi
par contrainéte (éte.

Qui veut viure en seurté faut avoir l'ame sein-
Const. Celui qui veut mourir ne peut estre con-
trainét. (crainét

Nic. Ie ne suis seul craintif, Ie voi qu'vn chacun
Const. Est ce vous asseurer que courrir miserable
Renoncer l'eternel, & faire abominable (cé
Hommage a l'Antechrist? Nic. Ie n'ai pas renon-
Dieu, ni sa faincte loi, ains seulement pensé
A m'oster du danger. Const. Cest trop maigre
responce,

Qui ne confesse Christ plainement, le renonce.

Nic. Dieu scait que dans mon cœur ie l'ai seul re-
clamé.

Const. Voire mais cest au lieu ou il est blasphemé.

Nic. *Le corps tout seul y va?* Conſt. *Penſez vous*
                        qu'il ne porte
Le cœur avecques luy? Laiſſés vous a la porte
Du Temple profané voſtre eſprit tremblotant
Pour a voſtre retour le reprendre en ſortant?
Ainſi l'inceſtueux, ainſi l'ord adultere
Auroit avecques vous le meſme eſchapatoire,
S'excuſant que le corps bruſlant de ſallę amour
Auroit tout ſeul peché, mais ſi au dernier iour
Dieu condamne a iamais au ſoulfre & a la flame,
Ceſte maudite chair, que deviendra ceſte ame?
Vn meſme Créateur nous a fait ame & corps
A luy eſt le dedans, a lui eſt le dehors
Il veut ſe tout ou rien, & iamais ne partage
Auec Satan banni l'homme ſon heritage.
Nic. *Ie ne veux diſputer contre la verité*
Ie ſcai que i'ai failli, mais ma timidité
Me fait apprehender un angoiſſeux martyre.
Conſt. *Mais fuyant un malheur vous tombés en*
                        un pire,
De Caribde en Scilla ayant oſé changer
Dieu noſtre Dieu puiſſant a un Dieu eſtranger.
Nic. *Tous hommes ſont pecheurs, ſi i'ai failli Ti-*
Vn autre aura commis un cruel homicide (mide,
                        Vn

Vn adultere un rapt. Conſt. *Peu vous ſert d'ac-*
De ſon forfait autrui pour le voſtre excuſer, (cuſer
Et au lieu de gemir pour les offenſes voſtres
Conſeſſer abuſé, l'iniquité des autres. (cœur
Nic. *L'eternel tout voiant qui ſçait qu'el eſt mon*
Eſt pere pitoiable. Conſt. *Et tres iuſte vengeur*
De ſon nom meſpriſé. Nic. *Toutesfois il pardonne*
Le crime du pecheur. Conſt. *Quand a luy on re-*
      tourne.

Nic. *I'aurai touſiours recours a ſa ſainĉte bonté.*
Conſt. *Pourquoi tournés vous donc les yeux d'au-*
      tre coſté.

Nic. *Si ie ne l'euſſe fait, des officiers ſeveres*
Faiſoient vendre mes biens a l'encan aux encheres.
Conſt. *Pour les biens deviés vous quitter l'au-*
      theur du bien ?

Nic. *Que ferois ie povret ſi ie n'avoi plus rien?*
Conſt. *O mondain abuſé courant au vain remede*
Qui ne poſſede rien que le ſeul bien poſſede:
Penſés vous eſchapper aux raviſſantes mains,
Vous penſés vous ſauver des tormens inhumains,
Pour avoir oublié du Seigneur les promeſſes
Et aveugle adoré le monde & ſes richeſſes?
Nic. *Las! nos petits enfans en auroient biẽ beſoing.*

Conſt. *Dieu nous les a donnés: Dieu en aura le*
　　　ſoing.

Nic. *Les pourrions nous laiſſer en ſi grãde miſere?*

Conſt. *Celui n'eſt delaiſſé qui a Dieu pour ſon pere*

Il ouvre a tous la main: Il nourriſt les Corbeaux:

Il donne la viande aux petits paſſereaux,

Aux beſtes des foreſts, des prés & des montagnes,

Tout vit de ſa bonté: He ! l'homme qu'il a fait.

De tous les animaux, l'animal plus parfait;

L'homme qu'il a formé a ſa ſainĉte ſemblance

Seroit il ſeul privé de ſa riche abondance?

Nic. *Dieu ſe mõſtre en ce temps, contre nous irrité*

Il nous frappe, il nous bat. Conſt. *Pour l'avoir*
　　　merité.

Nic. *Nous voila ſans ſecours, ſans appui ni retraite*

Entre ces maſſacreurs. Conſt. *Entrons en la ca-*
　　　chette

Du trois fois tout puiſſant . Nic. *Tous nous vont*
　　　pourſuivants 　　　　　　　　　　*(avant.*

Conſt. *Il n'en faut donc ſortir, ains entrer plus*

Quand a nos vieux parens Dieu vengeur fit la
　　　guerre

Que l'humide element couvroit d'ondes la terre

Ceux qui prindrent parti ſur les voiſins coſtaux,
　　　　　　　　　　　　　　　　　　　　Sur

Sur les monts sourcilleux, sur les Sapins plus hauts
Qui le front des rochers choisirent pour refuge,
Furent tous submergés sous les flots du deluge.
Mais ce pere nocher, dont le fresle vaisseau
Le reste des humains promenoit dessus l'eau,
Pour avoir obei a Dieu tout bon, tout sage
Sortit lui & les siens preservés du naufrage.
Ainsi nous qui voions le mourant Antechrist
Ietter ses derniers coups, courons a Iesus-Christ
Entrons en son Eglise, afin que ceste beste
Vomissant son venin ne nous tue ou moleste.
Nic. I'y fusse demeuré n'estoit l'estonnement
Qui me glace le cœur. Const. Armez vous con-
        stamment.   (versaires
Des promesses de Dieu. Nic. Mais quoi? nos ad-
Exercent contre nous leurs fureurs sanguinaires,
Ic les voi pres des Rois montés en tel credit
Qu'ils font quãd il leur plaist ou rompent un Edit.
Ie voi du Castillan la force souveraine
Et l'abondant Clergé de l'Eglise Romaine
Ligués aveques eux, au contraire ie voi
Ceux qui sont demeurés en la Chrestienne loi,
Pillés, batus, bannis, le malheur les surmonte,
Leurs plus proches parens de les nõmer ont honte.
                                    On les

On les met en prison, on les fait torturer
Le fouet, le fer, le feu leur conuient endurer :
La patrie a regret, pour enfans les advoüe
L'on en fait moins d'estat que de fange & de boüe,
Sinon pour les surprendre & pour les martyrer,
Bref c'est le blanc commun ou tous veulent tirer,
Pour auoir maintenu du Seigneur la parole :
Voila d'ou vient ma peur. Const. Voila qui me
              console :
Ma force vient de la ; Si a nostre desir
Nous auions des honneurs, des thresors a plaisir
Si tout nous courtisoit & en terre, & en l'onde,
Nous serions a bon droit des enfans de ce monde.
De ce monde aueuglé qui iamais n'a cogneu
Son Dieu, son Createur, pour son Sauueur venu,
Mais estans les enfans du Pere debonnaire
Qui vivans icy bas comme en terre estrangere,
Ny pensons receuoir, honneur, faveur, ni bien :
Le monde ne congnoist que ce qui est du sien.
L'homme vain nous maudit ? Dieu nous benit &
La terre nous bannit, le ciel nous fauorise. (prise
Nos plus proches parens, rougissent de nous voir.
Pour membre de son corps ; Christ nous veut re-
              ceuoir.

Nous

Nous vient ont menacer ? il est nostre asseurance.
Nous offre t'on la mort? c'est nostre delivrance.
Le fer, le feu, la croix, les assauts perilleux
Sont les seaux pour marquer les fideles esleus,
De ce pere piteux, qui lors qu'il nous veut batre
Prend d'vne main l'espée, & de l'autre l'emplastre.
S'il visite les siens par frequents chastimens :
Il reserve aux meschants les eternels tourmens:
Et quoi que pour un temps leurs mesfaits il endure
Si seront ils paiés un iour avec usure
De leur desloyauté. He! nous qui endurons,
Patientons nos maux, & fideles croions
Qu'il n'est affliction tant soit grande ou petite
Qui ne nous soit promise, & de long tēps predite :
Soions donc asseurés & constans desormais,
Christ qui pour nous combat nous donnera sa paix
Il veut avecques nous sa cause estre commune:
Ce brasier attisé contre son nom s'allume :
Et comme il fut iadis par les mondains moqué,
Puis malgré tout effort par le monde invoqué,
Croiés qu'en peu de iours malgré la ligue sole
Il vaincra l'Antichrist, les ligueurs & l'Idole.

Chœur

Chœur des Vieillards.

DE puis que du vieil Chaos
Dieu brisa la lourde masse,
Qu'a sa voix & terre,& flott,
L'air & le feu trindrent place:
Les Cieux de malheurs feconds
N'ont tant gefné noſtre race
De perfidie & fallace
Qu'en ce ſiecle ou nous vivons.

D'innocence & de vertu,
De Charité , de iuſtice
Ce bas monde eſt deveſtu;
Rien n'y regne que le vice:
On met ſous le pied la loi,
On n'vſe que d'artifice,
Tout eſt rempli de malice,
D'autant qu'il n'eſt plus de foi.

L'enfant n'eſt point orés ſeur
Des cruels aguets du pere :
Le pere a de l'enfant peur
Le frere livre ſon frere,
Le mari en ſa maiſon

Double

Doubte sa femme meurtriere,
Et la parricide mere
Donne a son fils la poison.

Nos Princes sont assaillis
Dautant qu'ils sont redoutables,
Or de serpents en leurs licts,
Or de venins a leurs tables :
Et tels mangent or le pain
De leurs grandeurs fauorables
Qui sont gagés execrables
D'vn Castillan ou l'Orain.

La maudite ambition
Qui au sein ligueur s'eslance,
A trouué invention
D'armer France contre France,
Ainsi des Romains iamais
L'on n'eust borné la puissance,
Si leur superbe vaillance
Ne les eust mesme deffaicts.

Or est tombé dessus nous
Le sort de ceste querelle
Et pour trop faire les doux
Nous sentons leur main bourelle

Mai

Mais nous ne sçavons pourquoi
Rebelles on nous appelle ,
Si ce n'est estre rebelle
De servir Dieu & son Roi.

Çest comme au paisible agneau
Le loup d'une voix rebourse,
Reprochoit qu'il troubloit l'eau,
Bien qu'eslongné de la source :
De mesme ce ligueur fait
Sur nous sa mutine course,
S'armant d'un pretexte, Pource
Que la couronne lui plaist.

France durant son bonheur
Tenoit un monde en servage :
A la Roiale grandeur,
L'estranger faisoit hommage :
Mais voiant que pas a pas
Elle approche du naufrage,
Tous accourrent au pillage
Asseurés de son trespas.

Ainsi le brave Lion
Dont les griffes genereuses
Ont froissé un million

D'ours

D'ours & d'ourses furieuses :
A la fin de ses ans vieux
Perdant ses forces nerveuses
Les lievres bestes pœureuses
Luy viennent tirer les yeux.

Vous peuples iadis domptés
Par la valeur de nos peres,
Ne doutés plus, ne doutés
Leurs fils comblés de miseres :
France n'a plus que le nom
De ceste superbe France,
Qui bridoit vostre arrogance
Au seul bruict de son renom.

Sa foi si ferme iadis
Est or plus fresle qu'vn verre :
On rompt les sacrés Edits
Ainsi comme vn pot de terre,
L'on n'i oira desormais
Que des canons le tonnerre,
Puis les artisans de guerre
Appellent cela la paix.

C   Act

Acte Troisieme.

Scene premiere.

Giesu. Valardin. Numiade.

Giesu.

O Flambeau radieux, claire lampe du monde
Qui mesure en vn iour ceste machine ronde,
Qui promenant ton char par le vague vniuers
Voi les plaines, les monts, les ondes, les deserts :
Peux-tu choisir aucun sur la terrestre masse
Qui fauori du Ciel en bon heur me surpasse?
Soit ou le vieil Titon repose sommeilleux
Ou Neptun te reçoit aux riuages ondeux :
Soit aux cuisans deserts de l'Afrique alterée :
Soit aux Scitiques bords voisins du froid Borée.
Nul n'est semblable a moi en fortune & vertu.
La victoire me suit sans auoir combatu.
Ie fai France ploier ma nourrice ancienne
Sous le fer rigoureux de ma rude Cadene.
I'ai par force son Roi a mon vouloir rangé :
I'ai prodigué l'argent de l'auare Clergé :
Ie tien la Cour en bride & lors que ie dispose
Du maniment d'estat chascun a bouche close.

Val.

Val. *Les edits toutesfois se font au nom du Roi.*

Gies. *Lors que l'on parle ainsi i'enten parler de moi*

Val. *Il n'est pourtant enclos au tombeau solitaire.*

Nu. *Il nous en faut servir pour apres s'en deffaire.*

Val. *Ie crains.* Num. *Que craignez vous?*

Val. *Les Bourbons preux & forts.*

Gie. *Nous avons les moïes de dopter leurs efforts.*

Val. *Ils sont plains de valeur.* Num. *Nous de
fraude & finesse.*

Val. *Ils se feront suivir de toute la noblesse.*

Gies. *Ils discordent entre eux pour la religion.*

Val. *Rien tant ne les reioinct, que vostre ambition.*

Num. *Nous leur sçaurons tramer quelque sourde
querelle.*

Val. *Cela ne rompra point leur amour naturelle,*
Ains ils feront ainsi que deux braves taureaux
Qui beuglants furieux se donnent mille assauts,
Qui du col, qui du front, se choquet, se bourrasset,
Font leurs cornes rougir dans leur flanc qu'ils cre-
vassent,
Mais si lors il survient quelque lion affreux
Ils se refont amys & d'un cœur vigoureux
Leurs forces ramassant, vn chacun deux s'appreste
Pour de leur parc chasser ceste estrangere beste.

Gief. *Leurs forces ne pourront aux noſtres reſ-*
    ſembler. (bler.

Val. *On leur donne ſi x. mois pour leur force aſſem-*

Num. *Ains pour les amuſer : Il faut ceſt Edict*
    rompre.

Val. *Ceſt meſpriſer vn Roi que ſes Edits corrōpre.*

Gief. *N'avons nous fait de meſme a ceſt Edict*
    de paix ?

Val *Ouy avec le Poignard, ſans la force iamais*
Il n'euſt eſté briſé : on l'avoit aggreable,
Chacun vivoit par lui en concorde amiable,
L'aigreur des maux paſſés le faiſoit trouver doux;

Num. *Ce qui eſt bon pour eux , eſt ruineux pour*
    nous.

Val. *Ils ont force baſtante a ſouſtenir la noſtre,*
Ie crain qu'en peu de iours il s'en reface vne autre,
Plus favorable encor, & que voulant taſcher
De ruiner autrui; nous lui facions plancher
Pour monter au ſommet d'vne gloire ſupreme.

Gief. *Quoi? quon nous enviaſt le roial diademe ?*

Val. *Mais vn danger encor que ſi vos ennemis*
En leur antique rang peuvent eſtre remis,
Qu'on fiſt ſur vous tomber le fort de ceſte guerre.

Num. *Ils n'ont point de ſecours, s'ils ne l'ont d'An-*
    gleterre. Val.

Val. *Quand sages ils voudront ensemble se ranger*
Ils n'auront point besoing de secours estranger.
D'un cœur aspre & bouillant la noblesse animée
Grossira par milliers ceste Françoise armée,
Faisant comme l'Essain qui sort mesnager
De son mielleux logis pour autre part lager
Vollete ça & la, vire-volte, s'escarte,
Semble a nos yeux trompés, qu'il se rompt & de- (parte:
L'on n'y peut remarquer que la confusion
Le desordre embrouillé: Mais quand l'occasion
Plombe les aislerons du Chef qui leur commande
Vous voiés arriver ceste mignarde bande
A l'enui a l'enui a qui plus prés sera
De ce Prince obei, & prompt le servira:
L'un n'est plustost campé que l'autre ne s'entasse
Sur le dos devancier, puis un autre l'embrasse :
Vn autre & mille encor, se joignent tellement
Qu'un bataillon aislé se fais en un moment.
Giel. *Nous les amuserós par quelq̃ douce amorce.*
Val. *Gens tant de fois trompés recourent à la force.*
Num. *Vous me faites mourir ils n'en peut venir*
Val. *Ie le desire ainsi, mais ie crains bien de voir*
Nos desseins cheminer ainsi que l'Ecrevisse.
Giel *Ie ne crains ni le Roi ni Prince, ni iustice.*

Val. *Vous bravez bien le Roi, mais craignés qu'à*
　　la fin

Il ne vous face voir qu'il est accort & fin.

Gief. *Nous adou. irōs biē l'aigreur de ses choleres.*

Val. *He! que lui ferons nous?* Gief. *Qu'a ton fait*
　　a ses freres?

Val. *La mort apporteroit vn extreme malheur.*

Gief. *Sa mort s'eslevera en extreme grandeur.*

Val. *On blasmera par tous vne œuvre si felonne.*

Num. *Qui craint d'estre blasmé n'usurpe la cou-*
　　ronne.　　　　　　　　　　　　　　　(rain-

Val. *Cest vn pesant fardeau qu'vn sceptre souve-*

Gief. *Mais cest vn plaisant faix de porter dans*
　　sa main.

Ce qui fait obeir tant de riches Provinces.

Val. *Le François volontiers idolastre ses Princes.*

Gief *Qui fera le restif sentira mon courroux.*

Val. *Et s'ils estoiēt armiéz & aussi forts que vous.*

Num. *Nous aurons pour secours, l'Italie &*
　　l'Espagne.

Val. *Ils seront assistés des Princes d'Allemagne.*

Num. *Cela viendra bien tard,* Val. *Cest encores*
　　trop tost.　　　　　　　　　　　　(enclost.

Gief. *Ie ne crains point ceux la qu'vne riviere*
　　　　　　　　　　　　　　　　　　Val.

Val. *Ils trouveront moien de paſſer les rivieres.*

Num. *Voire s'ils vont chercher les ſources fontai-*
nieres.

Val. *Qui peut avoir ſoldats, boulets, poudres, canõs*
A des ports, a des bats, a des Chefs, a des ponts.

Num. *Le temps nous favoriſe il faut haſter l'aſ-*
faire.

Val. *Tel ſe penſe advancer qui recule au cõtraire.*

Gieſ. *Qui pourroit s'oppoſer a ma felicité ?*

Val. *Celui que nous taſchons rendré desherité.*

Num. *Nous ne redoutons plus que le Roi de Na-*
varre. (barre.

Val. *N'eſt ce vne eſpine au pied, n'eſt ce vne ſerie*
Pour borner nos deſſeins? Gieſ. *Il differe de loi.*

Val. *Mais chaſcun le congnoiſt vrai ſucceſſeur du*
Il eſt né tout ſcavant, tout Roi, tout Capitaine: (Roi
Les travaux l'ont rendu indomptable a la peine :
Sa memoire eſt heureuſe, & qui voit ſa grandeur,
Lui eſt miracle acquis ſoudain pour ſerviteur.

Gieſ. *Nous ſommes adorés du ſot peuple de Frãce.*

Val. *Le peuple ne veut plus porter noſtre inſolẽce.*

Num. *On revere ce nom de Catholique ſainct.*

Val. *On abhore par tout noſtre pretexte feint.*

Gieſ. *Fortune iuſqu'ici nous cherit favorable.*

Val.

Val. *Mais gardés qu'a la fin ne la trouuiés muable.*

Gief. *Moi quelle a eslevé en vn degré si haut?*

Val. *En danger de tomber & faire vn plus grand*
　　　saut. 　　　　　　　　　　　　　　(fortune,

Num. *Non non, vous vous trompés, la roullante*
Ne se monstra iamais qu'aux petits importune.

Val. *Elle fait bien souvent les plus grands tre-*
　　　buscher. 　　　　　　　　.　　　　(scher.

Gief. *Fortune ni destins ne sçauroient m'empe-*
De brave exterminer ceste race ennemie:
De ceste main depend, & leur barque, & leur vie.
Ie vomirai sur eux, l'effroi, la mort, l'horreur :
Ie serai tout trembler sous ma brave fureur,
Ores les terrassant en bataille rengée :
Or foudroiant les murs d'vne ville assiegée:
Cent a cent, mille a mille, ils seront attrapés,
Et dans leur tiede sang nos coutelas trempés. (siege

Val. *Le siege est hasardeux, & fort souvent vn*
Fait tomber l'assiegeant en la trappe & au piege:
De dessus vn rampart vn coquin d'vn fier dars,
Bornera les beaux jours d'vn brave fils de Mars:
Et pour peu de profit, recevrés grand dommage.

Gief. *Vous estes bien trôpé, cest a vostre advâtage.*
Ceux qui sont renserrés dans l'enclos de leurs forts
　　　　　　　　　　　　　　　　　　　　Sont

Sont autant nos amys que ceux qui sont dehors.

Val. Mais serez vous exempt, vous mesmes du
   desastre?

Num. Nous ferons les François par les François
   combatre.

Nous ferons l'ennemy, l'ennemy carnager,

Et nous rendrons vainqueurs sans nous mettre au
   danger.

Iamais vn Chef ne doit engager sa personne

Au hasard du combat, c'est assez qu'il ordonne.

Val. La presence du Chef, n'est moins vtile alors

D'vn combat main a main, qu'est la teste a vn
   corps.

La voix d'vn general toute vne armeé asseure.

Gies. La victoire est à nous moiennant qu'il en

Tombêt pesle meslez, que les humides flots (meure:

Rougissent de leur sang, qu'vn tout seul de leurs os

Ne demeure a froisser, que des canons la foudre,

Piroüettant leurs corps, les convertisse en pouldre

D'vn ou d'autre parti, ne m'en chaut toutesfois.

Tous me sont odieux pour estre tous François.

C'est mon but principal, maintenant il ne reste

Que d'avancer l'effet, de ce complot funeste.

Sortés doncques sortés, des antres de Pluton.

    C 5   O cri-

O crineuse Megere, O cruelle Alecton :
Appellés Ctesiphone, & vomissez la rage
Aux cœurs de ces guerriers, souflez en leur courage
La mesme cruauté que souflates au sein
Des deux freres armez pour le sceptre Thebain :
Que tout soit plain d'effroi : que le fils sanguinaire
D'un parricide estoc bresche le cœur du pere.
Que le pere abruti esgorge furieux
Son miserable enfant : Qu'un hurlement hideux
Vn cri continuel, vne voix funerale,
Tesmoigne dans les airs la ruine finale
De ces braues Gaulois iadis tant redoutés,
Et par leur propre main en un moment domptés :
Lors chascune de vous de tout malheur prodigue
Nous tiendrons pour appui de nostre saincte ligue.

Chœur de l'Estat à deux doigts de
son malheur mortel.

A Dieu prez, adieu montagnes,
Adieu fleuves, adieu bois,
A dieu fertiles campagnes,
Adieu rivages Gaulois :
Adieu ô Cités peu sages

Qui

Qui contre le sang des Rois
Tenez les meurtriers a gages.

Adieu France l'incensée
Ta grandeur s'en va perir:
Tu t'es de ta main blessée
Folle qui ne veux guerir:
Aussi la Ligueuse amorce
N'eust peu te faire mourir
Qu'en armant ta propre force.

Tu bannis mere marastre
Tes legitimes enfans:
Et les Chefs de ton desastre
Tu approches de tes flancs.
Encor la tourbe vollage
Du peuple grossier des champs
S'esiouit de son dommage.

Pauvrets qui d'vne promesse
Vous tenez tant appuiés:
Voiez comment on vous laisse
Dessous les charges ploiés:
Celui que voulés pour maistre
Oste les ceps de vos pieds
Pour dessus vos cols les mettre.

Et vous masques de l'Eglise
  Qui desploiez vos thresors
  Pour la mutine entreprinse
  Qui jonche nos champs de morts,
Or fermez vos maisons fortes
  A mille mourables corps
  Qui languissent a vos portes.

Ne tesmoignés vous vos peres,
  Iadis peu fins de donner
  Tant de biens hereditaires
  Pour si mal les gouverner :
Puis qu'ores ceste abondance
  Sert a vous exterminer
  Et nous bannir hors de France?

Rome pour n'estre subiecte,
  Meurtrit son Cæsar iadis ;
  Et France au danger se iecte
  D'avoir au lieu d'vn Roi, dix.
Il n'est plus de paix memoire,
  On fait, on rompt les Edits
  Et ne scait-on ausquels croire.

Mais si Dieu qui aux Rois donne
        Authori-

Authorité sous sa loi,
Veut maintenir la couronne
Sur le sacré front du Roi :
Nous verrons la fiere armée
    Qui met le monde en effroi
    S'esuanouir en fumée.

Encor nos dextres guerrieres
    N'ont les muscles engourdis,
    Et encor les lames claires
    De nos coutelas polis,
Ne rebouchent pour l'audace
    De ces Tigres abrutis
    Qui n'ont d'humain que la face.

Tousiours la fureur celeste
    Pend sur les Chefs arrogants :
    Iamais le cruel molefte
    Ne trame qu'en peur ses ans.
Bien qu'armé de mille flottes
    On voit moins de vieux Tyrans,
    Que sur Mer des vieux Pilotes.

SCENE

Scene seconde.

Monserpiné. Constance. Giesu. Numiade.

Monserpiné.

Qvel soudain changement, ô tourbe miserable,
Convertit en plaisir vostre ennui deplorable?
De quel Circé helas! le bruvage enchanteur
Anime vostre espoir, anime vostre cœur?
Qui seraine vos yeux? D'ou vient ceste liesse?
Ce frappement de mains, ces ieux, ceste allaigresse?
Ores qu'on vous esclave, ores que pour butin
Vous tombés sous la main de ce ligueur mutin?
Ores que dessus vous le tempesteux orage
De cest usurpateur vomit sa fiere rage?
Qu'un fais insuportable est mis sur vostre dos,
Qu'on viet vous ravager & ronger iusqu'aux os?
Ah si vous esperés en la paix pretendue:
Povre peuple abusé vostre esperance est nue!
Ce n'est point vne paix ains des guerres lámas:
Vn accort artisan de cent mille trespas.
Vn Coniuré complot qui d'vne paix vulpine,
Nous voulant amuser trame nostre ruine. (cœurs
He! nous François, he! nous, qui n'avons point les
                                        Appris

Appris a redouter les estranges fureurs ;
Pourrons nous deformais tenir au sein la dextre,
Et voir ce Tyranneau de nous se rendre maistre?
Voir le Roi poignarder, nos Princes estouffer
Nous voir sans fer vaincus, & de nous triompher?
Const. Plustost de mille coups vne picque guerriere
Chasse loing de mon corps mon ame prisonniere:
Plustost de cent canons le tonnerre orageux,
Me reduise menu en atomes poudreux :
Que ie vive poltron, d'vn courage mollace
Captivé sous le joug d'vne estrangere race.
Mons. Pour masquer le venin a'vn cœur ambi-
Il fait or le courtois, le doux, le gratieux,   (tieux,
Prodigue de saluts. Const. Ces feintes bonnetades
Sont autant de poignards, sont autant d'estocades,
Qu'en l'esprit il nous dar de, & Crocodil larmeux
Pour vifs nous devorer il fait or le piteux.
Mons. Son fard est descouvert, & son voisté visage
Ne peut dissimuler son perfide courage :
Il est tout transporté, mais l'est-ce pas icy   (voici.
Avec le Duc son frere ? Const. Eux mesmes les
Mons. A voir sa contenance il semble qu'il desire
Nous venir aborder. Const. Oyons ce qu'il veut
      dire.

                                    Gies.

Gief. I'eusse creu pouuoir voir dans l'aire des Ger-
     faux,
Des Aigles, des vautours, nourrir des colombeaux,
I'eusse pensé de voir, vne Ourse Caucasine,
Allaiter les aigneaux sous sa rousse poictrine :
Voir la biche & le loup se frequenter plustost,
Que voir vn Catholique auec vn Huguenot,
De la Ligue abhorré, ah l'estrange merueille!
Encor vous l'escoutez vous luy prestez l'aureille?
Mons. Vous le trouués estrange, & ie suis estonné
De vous voir si soudain a la Cour retourné.
Gief. Moi, de sa Maiesté le seruiteur fidelle?
Mons. Vous que les Parlemës ont declaré rebelle.
Num. Ils l'ont fait par erreur, aussi tous ces arrests
Ont esté retractés. Const. Auec mille regrets.
Gief. Vous lamentés tousiours quand le peuple est
     en ioie.   (proie.
Const. Ie ne puis d'vn oeil sec voir cest Estat en
Gief. L'Estat est asseuré par le dernier Edict.
Mons. Par cest Edict forcé detestable & maudit,
Vous auez fait broncher Iustice & sa balance
A coups de coustelas, de pistole, & de lance.
Num. Tout ce qui s'est passé est advoué du Roi.
Const. Mais vous estes armés pour lui faire la loi.
                                Gief.

Gief. *La France à son besoin pour secours nous*
    appelle. (*tre elle.*

Conft. *Il n'y a que deux iours que combattiés con-*
Num. *Plustost pour son profit, pour son utilité.*
Monf. *O parole moqueuse! o propos effronté.*
  Que ceft pour noftre bien, & pour noftre advãtage
De nous faire efgorger de tout mettre en ravage,
  Quel abus! Gief. *Attendés, vous le preffez trop*
    haut. (*faut.*

Monf. *I'enten bien ce jargon & le pren comme il*
Num. *Pour l'eglife affeurer cefte guerre eft utile.*
Conft. *Pour l'eglife purger il falloit vn Concile.*
Gief. *Vous errez en la foi.* Conft. *Venans a di-*
  fputer;

Et nous monftrãt l'erreur, nous le voulons quitter:
Mais avant qu'advifer, a benins nous instruire,
Vous vous eftes armez pour cruels nous deftruire.
Num. *L'on ne veut contre vous en conferance*
    entrer. (*fe monftrer.*

Conft. *Le bon droit ne craint point en plein iour*
Monf. *Tous vos difcours font vains, ce n'eft point*
De la religion ou ce beau deffein butte, (*la difpute*
C'eft à l'Eftat François. Gief. *Nous qui le de-*
  fendons?

              D   Monf.

MÔS.Vous qui le vёdiqués,par promeſſes,par dôs:
Vous qui du Roi vizant,diſpos & en fleur d'âge
Alleguйs le trebas partiſſés l'heritage,
Nommés vn ſi ceſſeur,ou pluſtoſt vous nommés;
Et ſous ce vain eſpoir rebelles vous armés.
Tels que l'eſclave né ſur la rive Arabeſque
Et deſaſtre,vendu,au trafiqueur Tudeſque;
Qui d'vn traittement doux trop courtois le cherit
Et comme ſon enfant,bien que ſerf,le nourrit,
Lui met entre les mains ſon threſor plus avare,
Lui ouvre tout ſon cœur,ce pendant ce barbare
Meſpriſant ces honneurs,ces faveurs,ces bontés
Trouve des compagnons a ſes deſloiautés,
Les induit,les corrompt,les preſſe & importune,
De buſquer avec lui,inhumains,la fortune,
Pour,ayant emploié le fer ou la poiſon,
De ſon maiſtre meurtri,ravager la maiſon:
Vous en faites ainſi a noſtre povre France,
France qui allaitta voſtre debile enfance,
Vous tirant de la fange,& telle que Chiron
Feut au Pelide grec,vous miſt dans ſon giron:
Vous para,vous pollit de ſa main delicate:
Et vous la deſmembrés,ô recompenſe ingrate,
O parricide enorme,ô mesfaits odieux

Digne

Digne de mille fers, digne de mille feux.

Gief. L'ireuſe paſſion vous côtrainct d'ainſi dire,

I'excuſe bien cela, ie ne fai que m'en rire ;

Le colere ſouvent vomit mille propos,   (clos.

Qu'il voudroit tout ſoudain eſtre en ſa bouche en-

Conſt. Celui qui ſe taiſant compatiſt ſes miſeres,

Eſt né ſans cœur, ſans yeux, ſans nerfs, & ſans ar-

    teres.

Gief. De quoi vous plaignés vous? Conſt. De

    mille cruautés,

De mille aſſaſinats, hideux, enſanglantés.

Num. Ores qu'avons la paix? Monſ. Ains pluſtoſt

    vne peſte.

Conſt. Ceſt vn accord ſanglant. Monſ. Ceſt vne

    paix funeſte.

Gief. Soit funeſte ou ſanglante, on la voulue ainſi.

Conſt. Qui engloutit le ſang, le revomit auſſi.

Et iamais le Tyran, tant ſoit il grand monarque,

N'attend que d'vn licol, ou d'vn poingnard ſa

    parque.

Gief. He! qui vous tyranniſe? Monſ. He! qui ne

    le congnoiſt?

Gief. Le congnoiſtre, comment? Monſ. Pour au-

    tant qu'on le voit.

Gief.

Gief. *Nous avons eu pitié des Prelats de l'Eglise.*
Monf. *Il n'y a que vous feuls qui le Clergé deftrui-*
Vous pillés fes threfors, fon temporel vendés, (fes
Et les deniers receus fans befoing defpendés.
Puis il en faut r'avoir & fecondes fangfuës,
Vous fuccés fon humeur de vos levres goulluës.
Vous les mettés en blanc, & comme le Clergé,
Le peuple gemiffant eft par vous defchargé,
Non d'impofts odieux, non du fardeau des tailles,
Mais vous le defcharnés, vous rongés fes en-
      trailles.
Par vous feuls il languit, cent fois plus tourmenté
Que n'eft pour fon larcin le povre Promethé.
Fruits de voftre pitié, & cefte pitié mefme,
Vous fait prendre le foing d'vn Roial diademe,
Pour, bien que contre droits, accorts en difpofer.
Ou pluftoft fur vos fronts eshontés le pofer,
Deteftables rapteurs, & feconds Phocas mettre
Vos parricides mains, fur le Roi voftre maiftre.
Pour, l'ayant maffacré, meurtrir fes fucceffeurs,
Puis regir cet Eftat fous vos bras raviffeurs
Par pitié toutesfois? Gief. *Cefte parole eft dure*
On nous l'impute a tort. Ce n'eft qu'vne impofture,
Mais nous ne pouvons voir libre de paffions,

                            Le

Le François enbrouillé de deux religions.

Const.O les bons zelateurs, ô parole sans honte,
Est ce a vous estrangers qu'il en faut rendre conte?
N'avons nous pas vn Roi assez sage & puissant,
Pour regir sous sa main son peuple obeissant?
N'avons nous les docteurs, n'avôs nous la Iustice,
Pour corriger l'erreur, pour combatre le vice?
Sans conter avec vous, plus coulpables cent fois,
Que le plus criminel des affligez François?
Et dont pour vous sauver, vous pratiqués la ruse,
De la Seche nageant par la rive areneuse,
Qui sentant approcher la pescheresse main,
Vse de stratageme & tire de son sein
Vn noirastre excrements, qui troublã: l'onde bleue,
Trompe du barquerot & la main, & la veue
Vous eschappés de mesme, & l'intestin discord
Peste des gens de bien est vostre vrai support.
Puis vous ne pouvez voir en saine conscience
Sous deux Religions regner la paix en France.
Sillés vous donc les yeux, pour aveugles ne voir,
Que nous croions vn Dieu, qui seul à tout pouvoir
Qui tout iuste & tout bon pour ses esleus accorde
Sa iustice immuable a sa misericorde.
Que croions en son fils le Sauveur Iesus Christ.

D 3   Seur

Seur espoir des humains, croions au sainct Esprit:
Les Prophettes croions, nous croions l'Euangile:
Nous croions que l'Eglise est l'espouse, & la fille
Du Messie homme Dieu, qui iuge souverain,
Au dernier iour viendra iuger le genre humain:
Bien qu'en le confessant on nous brusle & assomme,
Pour l'enragé plaisir de l'Evesque de Rome.

Num. *Il peut tout come estant le Vicaire de Dieu.*

Const. *Ie croi qu'en tant qu'il peut, il se met en*
      son lieu.

Gies. *Il le fait, & le doit, car il est Dieu en terre.*

Con. *Cest donc le Thracien fils aisné de la guerre.*

Mons. *I'arresterois plustost des Cieux rouants le*
      cours,
Que de pacifier, vos discordants discours :
Plus vous entrés auant en ceste conference,
Tans moins ie voi d'accord, tant plus de differece.

Num. *Il est trop obstiné, pour estre converti.*
Mais vous, tiendrez vous pas nostre sacré parti?

Mons. *I'armerai pour mo Roi & ma chere patrie.*

Gies. *N'est ce sa Maiesté qui par nous vous en*
      prie ?

Mons. *Le puisse-ie revoir franc de captivité,*
Pour fidele accomplir, sa bonne volonté.

                               Num.

Nu. *Ceſt donc d'exterminer la race Huguenotte.*

Monſ. *Ie ſuis trop bien leuré pour porter la ma-*
      rotte,

Et n'ai de ceux pitié qui vne ſois trompés,
Retombent au ſilé dont ils ſont eſchappés.

Gieſ. *Lon ne veut vous tromper ni ſur vous en-*
      treprendre.

Monſ. *Et n'eſt-ce nous tromper que de nous faire*
      prendre

Les armes contre nous? He! neſt ce nous tromper,
Que faire en noſtre ſang nos couſtelas tremper?
Penſez vous le François eſtre ſi groſſe buſe,
De ſe crever les yeux pour ne voir qu'on l'abuſe,
Pour ne voir qu'on nous fait l'un contre l'autre ar-
Plus mutins que les flots d'une orageuſe mer: (mer
A fin qu'eſtans froiſſés ſous les pieds de Bellonne,
Vous puiſſiés ſans haſard ravir ſceptre & courône?

Num. *Pour nous rédre odieux on met cela en ieu.*

Con. *On ne peut plus douter de ce que l'on a veu.*

Gieſ. *Quoi? avons nous ravi l'authorité Roiale?*

Monſ *Ceſt bien de ces debats la cauſe principale.*
Vous l'avés bien monſtré par les ſaccagemens,
Les maſſacres cruels, les empoiſonnemens
Dont France a regorgé, depuis que voſtre race,

Pres

Pres de nos ieunes Rois a tenu quelque place.
Vous les avez poussez a la sedition,
Pour advancer au but de vostre ambition.
Et couvant le venin dans vostre ame couarde
Vous auez tousiours fait vne guerre renarde.
D'autant plus perilleuse, helas! que de nos mains,
Nous seruions de bourreaux a vos meschants des-
        seins.
Gief. Quoi que vous estudiés en paroles picquätes.
Nous ne pourchassons point d'entreprises meschä.
L'effect s'en pourra voir auant biё peu de mois.(tes
Mons, Qui n'eust tranché les ans de ce gräd Duc
        François,
Ceste ligueuse ardeur dont la France est tachée,
Feust encor en vos cœurs craintiuement cachée.
Il vous tenoit en bride, & sa ieune grandeur
Remplissoit vos esprits d'effroiable terreur:.
Mais on n'eust plustost veu ecclipser sa lumiere.
Qu'on ne vist naistre au iour ceste ligue meurtriere
Grosse de mille appasts, de dorés hameçons
Pour tromper les François en cent mille façons.
Puis ie m'y rangerai? puis on me fera croire
Que cest pour nostre bien? Plustost puisse-ie boire
Dans le Lethé nuicteux, & plustost les Lions,
                    M'em-

M'enſepulchrēt haché dans leurs vētres glouttons.
Gieſ.Si vous voulez porter la querelle mauuaiſe
De ce Roi.Huguenot, faites en a voſtre aiſe:
Ne vous contraignez point il viendra quelque iour
Propre a recompenſer : Vn chaſcun a ſon tour.
Monſ. Ie n'enten point porter une iniuſte querelle,
Onques fait deſloial n'entra dans ma ceruelle,
Ie marche d'un franc pas, Ie ſuis ſincere & rond,
Et iamais lascheté ne fit rougir mon front.
I'imite mes ayeux, ſuiuant leur loi antique,
Ie ſuis n'ai Catholique & mourai Catholique,
Mon eſtoc eſt cogneu, mais il ne s'enſuit pas
Que ie doiue aſſiſtet vos parricides bras.
Non ie ne porte point vne ame deſloiale,
Pour trahir inhumain ma Prauince natale:
Mon cœur n'eſt point baſtard, ie ſuis de France né,
Et comme tel ie fus en naiſſant deſtiné
A prodiguer mon ſang pour la iuſte defenſe
De l'Eſtat balanceant par voſtre violence,
Damnée ambition? Quoi donc qu'en ces diſcords,
Vous tapiſſés nos champs de fer, de feu, de morts.
Quoi qu'a nous exiler ceſte ligue s'efforce,
Nous ne craindrons iamais voſtre debile force,
Enragés, tempeſtés, brigués de toutes parts,

D 5 Faites

Faites onder au vent un millier d'estandarts :
Appellez l'Espagnol, appellez les Tartares,
Les Mores frisottez, & les Scithes barbares,
Appellez des Enfers les Eumenides sœurs,
Le chien Tenarian, les rages, les horreurs,
Que l'Auerne an de peuple & appellez encore
Pour nous combler de maux la Toscane Pandore :
Tout cest amas ligueur ne nous esbranlera
Tant qu'un seul pied François la terre foulera.

Chœur des Nobles.

DE tant & tant d'animaux
    Que ce grand moteur fit naistre,
    Dans l'air, la terre & les eaux,
    L'homme est le prince & le maistre :
    Soit qu'ils volent vagabonds,
    Soit qu'ils errent par les plaines,
    Ou qu'ils razent les arenes
    Des Oceans plus profonds.

Car Dieu l'ayant faconné
    Et moulié a son image :
    Liberal luy a donné

Ce

Ce bas monde en heritage:
Puis l'ayant eslevé tel
Fait que sa race feconde,
Par toute la masse ronde
Ouvrage de l'immortel.

Non qu'ayant receu ce don
De sa bonté souueraine,
Il veuille qu'a l'abandon
Nostre fier desir nous meine:
Il nous a donné des Rois,
Auz Rois donné des puissances,
Pour corriger nos offences
Sous le sacré joug des lois.

Proches de la deité
Il faut que leurs vertus belles,
Donnent aux peuples clarté
Comme Apollon aux estoilles:
Son œil favorable & doux
Guide leurs pas sur la terre,
Et qui sans droit leur fait guerre
Provoque Dieu a courraux.

Mais comme il aime & benit,

Vn Iosias debonnaire,
Il hait, & iuste punit,
Le Busire sanguinaire :
Il fait sentir aux Tyrans,
Le deu de leurs demerites,
Pour n'estre iamais petites
Les fautes que font les grands.

Quand la celeste fureur
Pour les accabler s'eslance :
De rien ne sert la grandeur,
De rien ne sert l'oppulence,
Vn camp de pieux herissé,
Ni les valeurs des ancestres
Ne desarment point les dextres
De l'Eternel courroucé.

Couverts de cent bataillons,
L'effroi dans leur cœur arrive,
Ils sentent mille aiguillons
Dedans leur ame craintive :
Les, bien que tardifs, remords,
De tant de faicts execrables
Leur font endurer coulpables
Avant mourir, mille morts.

                                              Ainsi

Ainsi la bien esprouvé
Ceste Princesse chetifve,
Tombant d'un rang eslevé
Sous les tristes fers captive:
Que ni des sceptres l'honneur,
Ni la beauté admirable,
N'empescherent miserable
De sentir ce bras vengeur.

Sanguinaires Lestrigons,
Vous Caligules, Phalares,
Ambitieux Absaloms,
Vous plus que Nerons barbares.:
Et vous Brunehauts aussi
De Iesabel les novices ;
Venez magasins de vices
Tirer exemple d'ici.

Voiez avecques terreur,
Vne Minerve seconde
Qui malgré l'effort ligueur,
Va troublant la terre & l'onde
Ploie orés ses roides bras,
Non les crins d'une Gorgonne,
Ains ceste ligue felonne

Aboyant

Aboyant noſtre treſpas.
Voiez, voiez ceſte fois,
    Froids de peur, rouges de honté,
    La Roine des Eſcoſſois
    Qu'vn deſaſtre eſtrange dompte :
    Apprenez par ſes douleurs,
    Qu'en ces bas lieux ou nous ſommes,
    Vous n'eſtes rien que des hommes
    Subiects a meſmes malheurs.

Que ſi par ſa cruauté,
    Elle oſa tacher peu ſage
    Ceſte double Royauté,
    De ſang, de feu, & de rage :
    Par ſon accident nouveau,
    Que chacun auſſi remarque,
    Qu'elle n'attend autre Parque
    Que de la main d'un bourreau.

Acte quatrieſme.

Scene premiere.

Viſteie.

D'ON ſuis-ie retourné? he! ſeroit il poſſible (ble
Qu'affrãchi du danger, qui me preſſoit terri
                                    Ie me

Ie me visse abordé a ce desiré port?
Ne suis-ie pas encor tallonné de la mort?
Ie porte la terreur dans mon ame craintifue
Et quoi que separé de la superbe rive
De l' Anglois mutiné, ie ne voi onder flot,
Qui ne semble a mes yeux le front d'un Huguenot.
Mon sang demi glacé par mes veines se glisse,
Ie n'ai genoux, ni bras qui peureux ne fremisse
Tant l'image infernal dans mon cœur imprimé
Bourelle mon esprit dans Tenare abysmé.
Ie voi du vieil Charon la barque passagère,
I'imagine Alecton, Tesiphone, & Megere,
Leurs flambeaux, leurs serpents en mille nœuds
          retorts,
Ie voi l'affreux Palais de Pluton Roi des morts,
Ie voi l'ombreuse nuict qui le manoir encerne,
I'enten les piteux cris sortans du creux averne:
De Tantale, d'Ixion, de Sisiphe approcher,
Ie voi le flot fuiard, le Rouet le Rocher :
Ie voi le vain travail des cruelles Belides,
Des fleuves sommeilleux ie voi les bords humides,
Persephone ie voi dans un antre hideux,
Ie voi le triste chef de Cerbere escumeux
Qui orage, qui bruit, qui tempeste, qui gronde

Bref

Bref ie suis mi party aux Enfers & au Monde;
Es Enfers ou la pœur me tient precipité:
Au Monde ou ie me voi comme en captivité,
Par quelque deité, ainsi qu'un Hippolite
A tout le moins sauvé par mon heureuse fuite.

　O France mon appui, que contre espoir ie voi,
Combien ai-je porté de travaux & d'esmoi,
Depuis le triste iour que quittant ce rivage
Pour l'anglois espier ie m'embarquois mal-sage?
Combien ai-je tramez, combien ai-je tendus
De filets, d'hameçons? Combien d'hommes perdus,
Par mes fardés discours, par presens, par promesses
Sont credules tombés en mortelles destresses?
Quel appast abuseur, n'ai je accord inventé
Pour cest Isle combler de meurtre ensanglanté?
Ce qu'homme peut, i'ai fait, & l'Itaquois Vlisse
Ne m'a point devancé d'eloquence ou malice.
Que si Troie il priva de son Palladion
Que s'il fut le brasier du superbe Ilion:
Nai-ie pas attaqué vne grande Princesse
Plus crainte qu'un Hector, plus sage que la Grece?
Car sachant ne pouvoir engluer dans mes lacs,
Ce Roiaume vanté tant que ceste Pallas,
Dans sa pucelle main tiendroit docte & puissante
Auec

Avec le sceptre d'or, l'olive, pallissante,
I'ai pour l'homicider poussé l'ambition,
Au chatouilleux esprit de ceste nation
Beante au changement: armant ores contre elle
D'un revolté milourd le courage infidelle.
Or d'un aspre venin i'ai tasché vrai Toscan
De souiller son repas: & ores Castillan
Par assasins gagés, comme en Flandres nagueres,
I'ai voulu devancer les parques Filandrieres,
Faisant executeurs de mes sanglants desseins
Ceux qui devoient leur vie à ses Roiales mains.
A l'un affamé d'or i'ai promis & fait croire,
De le rendre un Midas, l'autre un Hercule en gloire:
Et l'autre encor poussé par un zele indiscret,
A voulu esgorger sa maistresse en secret:
Croiant estre moins veu garni de characteres
Qu'aux plus sombres cachots des antres solitaires.
Rien n'estoit espargné, ainsi helas ia vois
Vn excellent support, dit Roiaume Escossois,
Ores mon dur regret! ô miserable Reine.
Que n'eusse tu iamais compagne de ma peine,
Brouillé ton bel esprit d'un proiect si hautain,
Pour en fin succomber & te voir perdre en vain.
Que n'eussez tu iamais ô seconde Cyprine,

E   Aus-

Attiré par l'aymant de ta face divine,
Tant de cœurs enhantés, que n'eusses tu iamais
Troublé l'estat Anglois en son antique paix.
Helas ie n'eusse veu la troupe Iesuite
Sur le Tamisan verd en se servant destruite,
Ie n'eusse veu craintif aux uns ouvrir le flanc,
Autres pendre ou rouer, & sans respect de sang
Sexe, ni qualité, ô grandeurs qu'on adore,
Patronnés vous ici, veu ce front dont l'aurore
Empruntoit la splendeur, ces yeux rians & doux
Ains ses brillants souleils, qui d'Apollon ialaux
Ternissoiét les raions, cest amoureux Chef mesmes
Qui s'est veu honorer de deux grands diademes,
Leur beau lustre ecclipser par la meurtriere main
D'un infame bourreau, ô supplice inhumain!
Puis allez vous fier aux blandices du monde,
Aux trompuses faveurs, malheureux qui s'y fonde:
Malheureux qui les suit, & malheureux celui
Qui bastit sa grandeur sur le tombeau d'autrui
Pour la Ligue eslever nous commençeôs la guerre,
Et ce commencement nous abbat, nous atterre.
Nous pensons par le fer les grands Rois desceptrer
Et tendons le filé, qui nous vient empestrer.
Ainsi du fier Aman fut la gorge attachée

Au bois qu'il fit dreſſer pour l'humble Mardochée.
Ainſi volant trop haut Icare fut noié.
Ainſi par trop cuidèr Phaëton ſoudrdié:
Monſtre aux ambitieux qu'vne folle entrepriſe,
Traine vn tard repentir de la faute commiſe.
Comme aſſez le ſçaura le deſaſtré ligueur,
Qu'ores ie vai trouuer, non pour mollir ſon cœur,
Ains ſon eſprit troublé repaiſtre d'eſperance
Flatté par mes diſcours, boutefeux de la France.
Sortez donc de mon ſein infernales fureurs,
Serenés vous mes yeux, faites tarir ces pleurs
Que graue & reſolu au Ligueur ie raconte
Ceſte piteuſe mort de ſa race la honte:
Les propos recités d'vne diſerte vois
Les plus aigres malheurs enſuiuent quelqueſſois.

Scene ſeconde.

Gieſu. Viſteie. Legier.

Gieſu.

CIl qui precipitant vne entrepriſe haute
Guidé de ſon deſir, ferme l'œil a la faute:
Qui dans ſon chef bouillant, peint les facilités,
Et ne voit qu'en courant les incommodités
Au fort de ſon labeur P anſelant perd l'aleine,

E 2   Et

Et trouuera touſiours ſon eſperance vaine,
Ce qu'a regret ie di, ce qu'a regret ie ſçai,
Et regrette trop tard d'en auoir fait l'eſſai:
D'auoir trop turbulent par mon impatience,
Deſcouuert le filé ourdi contre la France.
D'auoir auant le temps allumé bien ie feu
Ce flambleau qui naiſſant s'amortit peu à peu :
Mais quoi en commençant rien n'eſtoit impoſſible,
On m'eſtimoit vn Dieu plus que Mars inuincible,
Chacun me promettoit, ſecours, conſeil, faueur,
Et croiant de l'Europe eſtre deſia Seigneur,
I'ordonnois de dreſſer mon pretendu Empire
Recompenſe aux vainqueurs, au vaincu le martyre.
Or ne faiſois ie encor qu'enfanter ma faueur,
Que ie voi ecclipſer ceſt eſperé bon heur
Tant de peuples diuers, de Prouinces, de Villes
Que ie penſois ploier deſſous mon ioug ſeruiles.
Ingrats à mes preſens, oublieux de leur foi,
Me quittent inconſtants pour ſeruir à leur Roi.
Et lors ſans le Clergé de ma nef vrai cordage,
Sous vne mer de maux i'allois faire naufrage.
Mais comme un ſouuenceau qui d'un œil gracieux
A puiſé le doux fiel du breuuage amoureux,
Empreinte pour tromper la penſée pucelle,

D'vn

D'vn subtil courtisan l'astuce maquerelle:
Pour le Prince & l'Estat en un coup surmonter,
Au milieu du Conseil ie fai l'or desgouter,
Dont le iaune raion brillant a ses paupieres
Sereina les sourcils, calma les fronts severes
De ces bons Conseillers, & par moiens couuerts,
Ie mis l'ordre & le droit pesle mesle a l'enuers.
Du nom de verité on masque le mensonge:
L'abus, la cruauté, la vanité, le songe
Ie fai par tout prescher. Or sous vn tel effroi,
Enforçant le Senat, ie force aussi la loi,
Me faisant aduouer des grands cours souueraines,
Le tout par vains moiens, vains conseils, vaines
          peines.
Vains apasts, ne seruants qu'en vain me resiouir
Du passager bon heur dont ie ne puis iouir,
Fraudé de mon espoir : Car France l'oppulente
De genereux enfants, plus patist, plus augmente,
Nouuelle hidre de Mars, encore helas tousiours,
Ie vei que mes desseins cheminent au rebours.
Tout me hait, tout me fuit, mesmes les Catholiques,
Se desillant les yeux sont reioincts Politiques
Pour defendre l'Estat & le sceptre François,
Garder au vrai surgeon de leurs antiques Rois

E   3   Ce

Ce qui n'advienne o Ciel, & plustost ceste terre
Ouvrant son large sein m'engloutisse & m'enserre,
Es abysmes affreux. Vist. Voici le mesme lieu.
Ou ie dis au Ligueur dernierement adieu:
Il m'en souvient encor, & encore il me semble
Voir là devant quelqu'un, qui de loing lui ressëble,
Cest lui, ie le cognoi, il se pourmeine seul.
Et semble estre touché de quelque angoisseux dueil.
Que i'en ai de pitié. Toutesfois la nouvelle
Que ie luy vai porter est plus qu'autre cruelle
Gies. Qui est cest homme ici? Vist. Les favora-
　　　bles Dieux
Destournent mon Seigneur les destins envieux
Coniurez contre nous. Gies. Tu semble un Iesuite
Las que tu es piteux? Vist. Sans ma soudaine suite
Ie fusse aux bords ombreux. Gies. Que dites vous
　　　helas!　　　　　　　　　　　　　　　(pas
Ie crains quelques malheurs. Vist. L'inesperé tres-
D'une Dame de nom, miserable ie porte,
Qui mourant a rendu nostre entreprise morte.
Gies. O mortel accident, ô propos odieux,
He! que peut ce estre, ô Ciel. Vist. Celle qui sous les
A plus favorisé a nostre Ligue saincte　　　(Cieux
Plus pati, plus porté, d'encombres & de traicté

　　　　　　　　　　　　　　　　　Deux

Deux fois Roine, & encor Roine de la beauté
A tout d'vn coup perdu, Regne, vie & clarté.
Gief. O deplorable mort, ô que ie te regrette
Appuy de nos desseins. Vist. Las helas! la pouurette
N'a iamais espargné pour nostre vtilité,
Ce qui restoit de libre a sa captiuité.
Iusqu'à s'abandonner, de son honneur prodigue
Pour gaigner des amys a nostre saincte Ligue.
Gief. Ah! perte incomparable, ô seuere prison
Pour s'affranchir des fers elle a pris la poison.
Vist. Onc elle n'y pensa. Gief. Quoi donc?
Vist. Par vn martire.
Gief. Ordonné. Vist. Voire & pis, si vn pis se peut
    dire.
Gief. He! quel tourment bon Dieu, peut exceder
   la mort?   (le sort:
Vist. Le trespas est commun, mais commun n'est
Gie. Qu'on ait fini ses ans d'vne parque noüuelle?
Vist. Nul n'a veu en nos iours vne mort plus cru-
   elle   (voix
Consideré son rang. Gief. Sans craindre mon cou-
Vist. Mais plustost en despit de la Ligue & de vous.
Gief. Quoi me braver ainsi? Iuger mon paretage?
Ah que n'est mon pouuoir pareil a mon courage.

      E 4   Vist,

VII. *Vostre courage est grand, & grand vostre*
   pouvoir

Mais plus grand est le mal qui nous fait ores douloir,
Comme vous entendrez. C'est chose trop congneue,
Qu'elle fut dés long temps captifve detenue,
Dessous les fers Anglois pour le crime enormal
Quelle commist coupant le sainct noeud coniugal
De son second Himen, & pour mille autres choses
Qu'au fonds de noir Lethé ie desire estre encloses.
Pour le tressainct respect que fidele ie doi,
A vous l'honneur des siens & des ligueurs le Roi.
Dans les fertiles champs que la Tamise baigne,
Iadis vn puissant Roi de la grande Bretaigne
Fit bastir vn chasteau dont les fermes rampars,
Despitent la fureur de Bellonne & de Mars,
Mais en ce temps choisi pour retenir captifve,
Le reste de ses iours ceste Roine chetifve.
Or comme Philomele attaincte a son malheur
Des Englués vergez d'vn suktil oiseleur,
Au plus fort du printemps maudit en son ramage,
Et sa vie, & son fort, & son maistre & sa cage,
Ainsi en durs regrets, pleurs & souspirs cuisants
Ceste rare beauté trama ces tristes ans,
Iusqu'au iour desastré que son roial courage

           Chan-

Changea pleurs & souspirs en fureur & en rage,
Subtilisant en soi mille moiens divers
Pour Franche du danger briser ses rudes fers,
Son cher sceptre reprendre & ploier l'Angleterre
Sous le ioug Castillan par une sourde guerre.
Celui qui pour forcer vn defendu rampart,
Ioinct au dessein la force, & a la force l'art,
Approche pied a pied ses tranches serpentines,
Fait rouller gabions, fait combler de fascines
Les fossés ennemis, fait le canon tonner,
Fait hausser Cavalliers, fait saper, fait miner,
Abhore le repas. Ainsi ceste Princesse,
Bande son bel esprit, vn seul moment ne laisse
Sans labeur escouler, s'armant or de venin,
Or du poignard meurtrier d'vn gagé assasin,
Ores du feu gommeux pour d'vn seul homicide,
Pousser l'heux des Anglais sur l'onde Acheronide.
Aux pretendüs effects d'vn proiect si hautain,
Ardäts nous aspirons, nous peinons, mais en vain;
Car soit qu'vn bon denam de nos Conseils l'advise:
Soit que le Dieu du Ciel son bon heur favorise,
Nous n'executons rien, & nos cachés secrets
Se descouvrẽt au iour, Ciel. O malheur, ô regrets,
O faute dommageable. Vist. Encor de nostre Reine

Ne s'abaissoit le cœur ains s'accroissoit la haine,
Mais voulant retramer un magnanime fait
Surprise de trois points, son proces lui est fait,
Et sans aucun respect, la severe iustice
Son arrest prononcé la conduit au supplice.
Gies. O cruauté du Ciel. Vist. Ses povres servi-
　　　teurs　　　　　　　　　　　　　(cœurs
Couvers de bruns habits, blancs de dueil dans leurs
Suivent ses pas forcés iusques dans vne sale
Où sus vn noir chafaut l'attendoit la mort passe.
La se voiant reduite & sans aucun secours,
Sachant estre ce iour la borne de ses iours,
Tombe sur ses genoux & ses blâches mains ioinctes
Fait resentir les airs de clameurs, & de plainctes,
O iour dit elle, ô iour des iours plus desastreux
Iour ou premier ie vi ce flambeau lumineux:
He! que tu fus maudit he! combien fut ceste heure
Maudite ou ie nasquis, chetifue Creature!
O vous astre natal, triste & mal fortuné,
Destin cruel destin a mes maux obstiné
He que ne fistes vous qil vne rousse Lionne,
Ensepulchrast mon corps dans sa panse gloutonne,
Aussi tost aussi tost que de ce flanc roial
Ie fis ouir vnes cris, presages de mon mal:

　　　　　　　　　　　　　　　　O naissan-

O naiſſance piteuſe, ô nature fautiere

Me fiſtes vous de biens, de grandeurs heritiere

Et comme le Phœnix de grace & de beauté

Pour ſentir d'vn boureau le fer enſanglanté?

O fureur, ô terreur, ô tenaillante angoiſſe

Faut il quitter ce corps? faut il donc que ie laiſſe

La ligue ſans ſecours? Las ſi es cieux roullants

Quelq, brillant flambeau luit en ſaveur des grāds:

Hé! n'aura il pitié de ma grandeur eſclaue?

Hé! quai, l'ondeux torrent qui ce viſage laue

Ne peut il rien flechir? O Cieux malencontreux

Si vous auez iugé mon treſpas odieux:

Aidez au moins la Ligue, & prenez la deſenſe

Du parti commencé dès que i'eſtois en France:

Ici manque la force & cent mille ſangloſs

Eſtouffent ſon parler bien qu'en begaiants mots

Elle nomme fortune, & cruelle, & maraſtre

Quand l'impiteux boureau pour fin de ſon deſaſtre

Roidit ſon bras meurtrier lui coupant a la fois

Le Chef, les pleurs, les cris, & la vie, & la voix.

Gieſ. O malheur des malheurs, o l'eſtroi de noſtre

    âge,

O de nos maux futurs le trop certain preſage,

O fureur inoute, o trop ſeueres loix.

                            Hel

Hé! qui vivra donc seur, puis que le sang des Rois,
Le lustre, la grandeur, la beauté qu'on adore,
Le sexe delicat, qu'on cherit, qu'on honore
Ne sont or espargnez? O Dieu qu'ores ie voi
Proche la triste fin de la Ligue & de moi.
Ie meurs par ceste mort, & la mort qui me tue,
Muertrit les hauts suiects de la ligue esperdue.
Vist. Ah ne perdez point cœur, pour vne seule
Ne ploiés au malheur: soiés constant & fort (mort
Le mourir est fatal & faut chose trop seure,
Que qui naist ici bas, qu'en ces bas lieux il meure.
Giel. Mes clameurs, mes regrets, mon langoureux
      tourment
Ne dependent ainsi d'vn trespas seulement:
Mais ceste perte helas! trame apres vne perte
Qui ne sera iamais en autre recouverte.
Vist. Tout ce fait par le temps: dont si le sceptre
      Anglois,
Vous est or denié, poursuivez le François.
Vous possederez seul tant de belles Provinces,
Vous serez redouté des Seigneurs & des Princes,
Vous aurez Rome amie, & ami le Clergé:
Puis ceste Angloise ici qui vous a outragé
Vous irez attaquer faisant d'vn cœur superbe.

                             Les

Les prez onder de sang, au Palais croistre l'herbe
Pour marquer vos valeurs: Vous serés d'autre part
A la fiere Allemagne esprouver le hasard
De la division &c l'ayant ruinée,
Vous serez obei dans l'Europe estonnée.
Gies. Ie l'ai pensé ainsi, ô frauduleux espoir,
Ne logeant dans mon cœur que pour me deçevoir.
Vist. He! voudriés vous quitter l'espoir qui nous
              fait vivre?
L'espoir repaist des grands attisans leurs esprits,
Des pretedus effects d'vn grand œuvre entrepris,
Voire & sans cest espoir la douteuse victoire,
Ne couronne leurs Chefs de trophée & de gloire.
Mais qui d'espoir guidé, suit vn sentier si beau
Ne craint le temps glissant, ni parque, ni tombeau,
Ne regrettés donc point parents, amis, despense,
Car il vous reste assez, vous restant l'esperance.
Gies. Que me peut il rester privé de tout secours,
Tout me succede mal, tout me vient a rebours,
Ma maison s'affoiblit, & la guerriere audace
Du Roi des Navarrois a bon droit me menace.
Vist. Plus vous serés pressé par puissans ennemis
Plus il vous faut resoudre, & gaigner des amis:
L'argent ores fait tout. Gies. Mais les amis de
      boursе,   Man-

Manquent le plus souvēt quãd fortune est rebourse
L'airondelle imitant qui durant le tempt doux
D'un fauorable esté meure auecques nous:
Mais au premier abord de la grise froidure
Vollage nous delaisse & suit autre adventure.
Vist. Tous ne seront ainsi, puis t'irai diligent
Faire nouueaux amys, trouuer nouuel argent,
Et pour tout esmouuoir dedans les chaires sacres,
Ie prescherai le feu, les poisons, les massacres,
Ie publierai par tout interdits & mandits,
Ces Princes vos haineux, promettant paradis
A qui les occira, & a mille & mille armes,
Qu'ils uoudrōt rachapter dès fantastiques flames,
I'attiserai le feu de ce iaune Admiral
Desia rendu sanglant plus qu'un Tigre brutal,
Qui demeure ia affamé de froid sang fait respādre
Le sang des captiués qui vaincus se vont rendre
Entre ses rouges bras, bien que contre la loi,
Dont nous seront tesmoings, la mort sainct Eloi,
Et tant & tant de lieux ou sa superbe armée
A peu mettre en effect sa cholere allumée.
Gies. Aussi ai ie fondé sur ce Duc mon appui
S'il me reste un espoir, c'est en lui, & par lui
Comme mon second bras, & sans son assistence

                                    Ie ne

te ne penſeroit plus pouuoir dompter la France;

Que puiſſe tu par dı , ô mon cher allié

Rendre ce Roi ſans crainte ſous ta force ployé,

Et tout ce Roial ſang afin que par ta dextre

Ie puiſſe ſans haſard me voir de France maiſtre.

Leg. Or me voi je ſauue des perilleux efforts

Ou i'ai veu terraſſer tant de mourables corps,

Graces à la fortune, encor ma poure vie

Parmi tant de guerriers ne giſt enſevelie.   (Chef

Giel. Qu'apporte ce courier. Leg. Encor ſi noſtre

Nous feuſt reſté vivant, preſervé du meſchef.

Viſt. Il parle d'vn combat. Gie. Quel bruit quels

        les nouvelles,

Avez vous combatu les troupes des rebelles?

Le. Nous les avós cherchez, nous les avós trouués

Mais a noſtre malheur leurs fors bras eſprouués:

Viſt. Le ſang me geſle au cœur. Giel. Mon ame eſt

        toute eſmeue

D'vn eſtrange ſoubçon. Mais dites nous l'iſſue

De ce combat donné, en quel iour, quelle part,

Qui fut maiſtre du camp? Coment, & quel haſard

Donna gloire aux vainqueurs & aux vaincus la

        crainte.   Ʃainte

Faites nous ce diſcours. Leg. Quad noſtre Ligue

         Eut,

Eut, sage, resolu qu'on devoit ceste fois
Combatre a bien ou mal le Roi des Navarrois
Si qu'en lui hasardant, vne perte legere,
Il peust charger là bas la barque passagere
Nostre ieune Admiral ennemi de repos,
Voulant s'eterniser d'vn memorable los,
Se croiant inuincible enfant de la fortune,
Ne perd ce beau subiet, & chacun importune
De prendre son parti, à fin qu'assisté d'eux
Il peust mettre au tombeau ce Prince genereux.
Pour vn commandement on reçoit sa priere,
On bat par tout aux champs, la campagne pleiniere
Est d'armes herissée & l'astre estincelant
Darde cent mille esclairs dessus l'acier brillant.
Ceux qu'vn sang refroidi retiroit de la guerre,
S'occupans mesnagers à seillonner la terre,
Ceux qui francs de valeur ainsi que Limaçons,
Portent tousiours au dos leurs natales maisons:
Et ceux qui d'vn Midas meritent le supplice,
Ne pouuant assouuir leur bruslante auarice:
Despouillent leur courage, & tous ces casaniers,
Sont les plus eschauffez & marchent des premiers.
L'vn se voüe a vn sainct, comme bon Catholique,
L'autre porte vn brevet, & l'autre vne relique,

Et

Et l'autre en la magie esperant son appai:
S'arme d'vn charactere & le porte sur lui.
D'or, d'argent & d'azur resplendissent nos armes :
Nos moins braves archers sont montés en gendar-
Nostre canon muni de poudres & boulets,   (mes,
Et nostre camp suivi de chars & de mulets,
Bref ayant advisé que rien ne nous defaille,
Nous cerchons l'ennemi pour lui donner bataille.

    Or ayant descouuert q e le camp de ce Roi,
Tenoit le droit chemin de Ponts a saincte foi,
Nous gaignons le deuãt & pour braves l'attẽdre,
De la Roche Chalais le passage allons prendre.
Lui d'autant plus s'avance, & destournãt plus bas,
Diligent Capitaine il se loge a Coustras.
A Coustras dont les Champs bornés de deux ri-
        vieres,
De tant de gens de bien sont or les Cœmetieres.
Gief. Mais quoi n'avez vous pas bordé l'autre
        costé?
Leg. Ce Prince belliqueux au labeur indompté,
Nous prevint ceste fois faisant dés le soir mesme,
Passer presque tout l'ost d'vne vitesse extreme,
Nous en tressaillons d'aise, en croians que sillé
Il se venoit ietter de lui mesme au filé;

                    F.   PAr-

Parquoi des auant iour nous partons de la Roche,
Auec noſtre canon que pres d'eux on approche.
Leur canon paſſe auſſi & fait on auançer
Le reſte des pietons qui reſtoient a paſſer:
Mais qui d'vn cœur bouillant que la rage eſpoin-
　　　　çonne,
Se iettent dedans l'eau, paſſent à gué la Dronne :
Marchent d'vn pas legier, & deuant nos canons,
Viennent planter hardis leurs guerriers eſcadrons,
D'vn & d'autre coſté, le canon bruit & tonne, (ne,
Mais le noſtre, ô malheur, vn tout ſeul coup ne c̃ŏ-
Dedans leurs bataillons, bien que proches de nous
Ains touſiours a coſté ou deſſus, ou deſſous
Preſage de nos maux Giel. Et leur artillerie?
Leg. Elle nous froiſſe & rompt d'vne telle furie,
Qu'à chaſcune volée on pouuoit voir dans l'air
Teſtes, iambes & bras en mille tours roüer;
La terre en trembloit toute, & croi que Perſephone
Au profond des enfers, craintifve s'en eſtonne
Ce que voiant le Duc a charger ſe reſout,
Nous inuite a bien faire, & nous defend ſur tout,
De prendre priſonniers, c̃omendant qu'au paſſage
On empeſchaſt qu'vn deux eſchappaſt le carnage.
　Lors ce Roiné guerrier eſchauffé d'vn beau ſang
　　　　　　　　　　　　　　　　Fait

Fait aux siens prier Dieu, marche de rang en rang,
D'vn accort asseuré, & d'vn riant visage,
Prie, commande, induit & chascun encourage.

Cest mes Chers compagnons, cest, dit-il, ceste
    fois,   (François:
Qu'on verra par effect, qui sont les vrais
Dieu est nostre secours, côbattons ie vous prie,
Pour son nom, pour le Roi, pour nous, pour la
    Patrie.

Il n'avoit achevé quand nostre Duc vaillant,
Fait signe qu'on donnast, hasardeux assaillant:
Trompettes & Tâbours, soudain sonnêt la charge,
Chacun baisse son bois, & la campagne large
Sous les pieds des Chevaux a cest abord fremit,
Et la iasarde Echo recraquette le bruit.

Ceste premiere charge est si rude & si fiere,
Que leurs chevaux legiers sont poußez en arriere:
Nous crions la victoire & friands du butin
On court dedãs Couftras pour leur coupper chemin,
Trompés qui ne pensoient le redouté Turaine,
La Tremouille ieunêt, mais tres grand Capitaine:
Qui bien que d'abordade a peu pres renversés,

F 2   Que

Que d'un millier de coups en un moment preßés,
Ils portoient tout le faix, que leur force orageuse,
Ait seule a soustenir ceste bande pompeuse,
Faire barre aux suivants : dont par trop s'ad-
　　　vancer.

Les premiers sont contraincts a qui plustost paßer,
La Dronne serpentant & loing loing de leur conte
Reçoivent abusés pour le butin la honte.
Gief. Et le Chef ennemi? Leg. Qui a veu quel-
　　　quesfois,

L'animal rugißant sortir du fons d'un Bois,
Qui d'ongles, qui de dents, deschire dans la plaine
Or le troupeau barbu, or le blanc porte laine,
Or le Harde leger des pieds cornes Chevaux,
Ores l'amas beuglãt des gratte-champs Taureaux,
Si qu'en chasque gason des campagnes herbeuses :
Le sang marque l'effort de ses forces nerveuses :
Il peut non sans effroi voir aborder de front,
Ce Roi grand fils de Mars qui nous renverse &
　　　rompt :
Furieux est son bras, furieuse est sa face,
Où plus forts il nous voit, la tourne son audace.
L'horreur marche devant, la parque dans sa main
Il donne mille assauts & iamais vp en vain :

　　　　　　　　　　　　Tout

Tout fait largue a ses coups & la fiere bellonne,
Qui en troupe le suit au meurtre l'aiguillonne.
Vist. Dãgereux ennemi? Lcg Vn nombre d'entre
Affamé de louange & de l'honneur ialoux, (nous
Et bruslant du doux feu qui la ieunesse allume,
Descoche de nos rangs, & de trois pas escume.

Le Prince de Condé le voiant s'approcher,
Ne s'en daigne esmouvoir ferme cõme vn rocher:
Ains coulant a ses flancs ceste troupe gaillarde
A peine de travers seulement la regarde.
Semblable au fier Lion qui iamais ne combat
Aux petits roquetons que devant lui on bat:
Magnanime & superbe ainsi pour ceste amorce
Ce Prince ne veut point monstrer valeur ni force,
Mais voiant s'avancer des nostres vn gros hot,
Brave le va choquer, & fait vn tel effort,
Qu'en voiant ce combat on diroit que la terre
Le ciel, l'air & les flots ennemis se font guerre.
Son cheval renversé, lui par terre abatu,
Cest or que plus il fait apparoir sa vertu.
Il frappe, il coupe, il fend, & d'alegresse prompte
Par les siens secouru derechef il remonte.
Vist. O grande & lourde faute! Gies. O gents de
    peu d'effaict

De n'avoir peu deffaire vn homme ia deffait,
Pour n'avoir la puiſſance au bon deſir ſemblable:
Paœureux qui ia voions comme vn ſoudre eſſroia-
Horriblement affreux ſur le dextre coſté,　　(ble
Le Conte de Soiſſons avant temps redouté,
Ce ieune Hercul François de Condé dernier frere,
Mais treſdigne heritier des valeurs de ſon pere.
Prince n'ai tout Bourbon, de nom, de ſang, de cœur,
Colomne de l'Eſtat & la paſle terreur
De noſtre ſainct parti: Prince dont le courage,
Devance les premiers, devance ſon ieune âge:
Guerrier dont la fu·eur, dont la ſorce, & le bras
Fait tout de ſang onder dans le Champs de Cou-
　　　ſtras.
Car il ne voit ſi toſt la Maieſté parente
S'advancer au combat, qu'vne ardeur vehemente
Ne le pouſſe a la charge & nous donnant en ſlanc
Fait ſon beau coup deſſai au pris de noſtre ſang.
D'vn eſſort plus qu'humain il nous choque & ter-
Il horrible ſa main, & ſa voix, & ſa face,　(raſſe,
Ne donnant vn ſeul coup du brillant coutelas
Qu'il ne face tomber ou bras ou teſte à bas.
Et ſouvent au deſſaut, ſa ſoudroiante eſpée,
Eſt dans le tiede ſang iuſqu'aux gardes trempée,

C6

Ce Roi qui pres de lui si bien faire le voit
Admire sa valeur, & l'admirant il croit,
Que leur iuste fureur iustement allumée,
Est bastante a dompter nostre pompeuse armée :
Qui les voiant frissonne & tremblant pense encor,
Voir le ieune Troïle, & le vaillant Hector
Defendre l'ost gregeois de leurs meurtrieres lames,
Et dans leurs naufs ietter les dardaniques flames.
Mille estoient terrassez quand sanglant & pou-
    dreux
Le Prince de Condé, se vient reioindre a eux.
De Carnage affamé : lors l'honneur de Navarre
Qui du mestier de Mars d'vn seul point ne s'esgare
Se resould de nous rompre & par si beaux sentiers
Cœuillir victorieux les verdissants lauriers.
    Côme vn grand Ours affreux farouchem ̃et sau-
Aiguillonné de faim, espoinçonné de rage   (vage
Quittant l'ombreux seiour, des antres & des bois,
Pour meurtrir les troupeaux dans les châs l'annq-
Et quoi que des bergers la trop debile force   (nois:
De cris, d'espieux, de dards, lui resister s'efforce,
Que des chiens les abbois, des voisins les clameurs,
Que tout vn peuple esmeu s'oppose a ses fureurs,
Ils ne profitent rien, ains attisant son ire

Les pourſuit, les attaint, les abbat les deſchire
Et ne borne iamais ſes fieres cruautés　　　　　(têt
Qu'il n'ait gents, chiens, troupeaux ça & la eſcar-
Du maſſacre ſaoullé. tel ce Roi inuincible
Monſtre tout courageux eſſroiable & terrible,
Son bras accouſtumé a dompter les plus forts:
Fait la terre empourprer, ionche les champs de
　　　morts:
L'horreur de ſon eſtoc tous les foudres ſurpaſſe:
Il ſe fait vn chemin de cent braſſes d'eſpace,
Et ſon oſt belliqueux de pouſſiere couuert,
Suit le ſentier fraié par ſes valeurs ouuert.
Il paroiſt par ſur tous eſleué d'vne braſſe
Cent a cent à monceaux: l'vn ſur l'autre il entaſſe,
Et les naurés tombants peſle meſle a l'enuers,
De cent diuerſes voix iettent cent cris diuers,
Tant qu'il ſemble a le voir, nous brecher, ſendre,
　　　occire,
Que ſa lame eſt de feu, & nos armes de cire.
　　Mais comme le ſerpent n'eſtant plus que demi
Par mains tronçons haché monſtre Chef d'ennemi,
Nous voulons faire teſte, & d'vn effort louable,
Repouſſer tout effort, quand ce Prince indomptable,
Nous preſſe tellement, tranche & froiſſe les os
　　　　　　　　　　　　　　　　　　　Que

Que ploians sous le faix, nous tournons tous le dos

Abastardis de cœur. Bref ce bel exercite

N'a plus autre recours qu'a la honteuse fuite.

Gief. Ah, ah le cœur me fend ! Leg. La nos dra-
peaux sont pris,

Et nos vieux regiments de long temps aguerris.

Ne pouvants soustenir leur brave infanterie,

Courants qui ça qui la quittent l'artillerie:

Pour estre plus dispos sallades & brassars,

Cuirasses, gantelets, desarmés iettons bas:

Et tel qui n'a rompu en ce combat sa lance

La iette en vn buisson orphelin de vaillance,

Qui feignant estre mort par terre renversé

Gist pres d'vn corps mourãt, l'autre dans vn fossé,

Et l'autre en s'approchant d'vne espineuse haie,

Rend l'ame par les reins, ouvert d'vne grãd plaie

L'vn n'a plustost ietté le Casque empanaché,

Que d'vn sifflant revers il n'ait le col tranché :

Ici l'vn gist sans bras, l'autre là gist sans teste,

L'vn meurt sans respirer, l'autre en mourant regrette

Sa maistresse, ains son cœur, qui sot la Parque fuit,

Qui languissaut l'appelle, & la voiant fremit.

Qui prend pour se sauver vne marque nouvelle,

F 5   Mais

Mais en vain, mais en vain, car la force cruelle
Du bras victorieux nous dissipe & desrompt,
Couverts de mille coups & iamais vn au front,
Iamais en l'estomach, si l'estoc davanture,
Perçant de part en part ne fait double ouverture.

    Les vns pour esquiver aux impiteuses mains
Ont recours aux sanglots, aux gemissemēts vains,
Mais contre leur fureur de rien ne sert les larmes
De rien ne sert les voeux, les reliques, les Charmes,
Ils passent tout au fer, & doublant nostre effroi,
Ils nous vont reprochant la Mothe sainct Eloi.
Gies. Mais vos Chefs? Leg. Morts ou pris.
Gies. Quoi Monsieur de Ioyeuse?
Leg. Ie l'ai veu terrasser dans la plaine poudreuse.
Gies. O desastre cruel? Vist. Sans estre secouru?
Leg. Dans vn torrent de sang mes yeux plorants
     l'ont veu.
Gies. O fureur, o douleur, o malheur, o misère!
Leg. Quand ce Duc malheureux voit saint Sau-
     veur son frere,
Par terre foudroié, qu'il voit de toutes parts,
Fuir comme a l'enui gendarmes & soudarts,
Il despite le Ciel, il tempeste, il enrage,
Et mille durs regrets martellent son courage,
                  O cieux

O cieux mutins, dit il, he! faut il ceste fois
Que mon col soit ployé sous le ioug Navarrois?
Faut il que ie me perde, & que par ma ruine
La povre ligue soit de secours Orpheline?
Quoi, est ce le trophée, & la gloire, & le pris
Que ie promis porter triomphant dans Paris,
A mon heureux retour? ainsi dit : mais a l'heure,
Vn Cavallier couvert d'vne brillante armure,
Qui au meurtre acharné le voiant a l'escart,
Comme vn torrent bruiant aborde celle part.
Le Duc espouvanté, par trois fois esperonne,
Pour gauchir au trespas & trois fois il retourne,
Tallonné du destin, en fin cest assaillant,
Ayant mis au fourreau le coutelas sanglant,
Lui apporte inhumain iusques dans la sallade
Le tonnerre ensouffré d'vne pistoletade,
Dont la balle forgée au profond de l'enfer,
Perce de part en part de son armet le fer:
Il tombe sanglottant entre ses morts gendarmes
La terre fait vn bruit sous le fais de ses armes:
Avec le tiede sang, l'esprit tremblotant sort,
Et le veillard Charon le passe au sombre bord,
Ou loing du corps meurtri il tient pour advantage
D'estre seul des fuiards frappé par le visage.

O de-

Gief. O deftins impiteux, coniurés contre nous!
O ciel cruel, o Ciel, de nos grandeurs jaloux!
O regret, o douleur, douleur a nulle esgalle!
O de noftre parti la ruine finale!
O Parque inexorable, o filles d'Acheron,
   Qui dans le cœur m'avez foufflé l'ambition,
Defracinez mon ame, arrachés moi du monde,
Et que le vieil nocher me paffe deffus l'onde.

     O fortune flateufe espoir de l'homme vain
Fortune qui le mis en vn rang fi hautain
L'avois tu allaité, l'avois tu ô maraftre,
Si foudain eflevé pour fi foudain l'abatire?

     Son bonheur promettoit, las! Et ie le penfois
Qu'il nous feroit monter iufquau throne des Rois.
Mais qui ne l'euft penfe quand d'vne voix cômune
On le nommoit defia Prince de la fortune?
Ce Duc tant respecté, honoré & fuivi,
   Qui a la povre ligue avoit fi bien fervi,
Tu las donc fait perir ô parricide mere,
Et tout fon fang vomir fur la rouffe pouffiere?

     Et vous fes Nourriçons importuns, odieux,
De quel oeil pouvez vous, maintenant voir les
       cieux?
                         (fire,
De quel front pouvez vous devant moi comparoi-
                              Ayant

Ayant quitté fuiards au besoing vostre maistre:
L'appui de vos maisons, vostre liberal Duc?
l eg. Piennes, Monserreau, Bellegarde, sainct Luc,
Sautrai & Montigni, voulant le Duc defendre
Trop debile secours s'y sont en fin fait prendre.
La Suse, d'Aubigeon s'y sont braves rués,
Et cent & cent encor, mais aussi tost tués.
Gief. Ne m'en chaut plus au Ciel qu'il en feust
            mort cent mille,
Qu'en France ores ne feust vne seule famille
Que le feu devoreur allast tout consumant,
Et que ce grand guerrier nous feust resté vivant:
Vist. Monsieur retenés vous, ceste parole ouverte
Rend vostre intention comme vn iour descouverte.
Taisez ces mots suspects. Gief. Mais ces lasches
            amis,
Qui l'ont abondonné. Leg. Le ciel l'avoit permis,
Le Ciel bien le fait voir quand a nostre retraicte
Impossible nous est de pouvoir faire teste,
La paœur nous esperonne, & pensons que nos pieds
Et ceux de nos chevaux soient rompus ou liés :
Pensons espouvantés que l'Isle & Dronne claire,
Se reculent de nous, que le Soleil n'esclaire,
Que pour nous descouvrir; Tant & tãt de fraieur.
                                    Tieri

Tient nos bras enlacés, & glacé noftre cœur.
Les Païfants convoquez pour diffiper leurs bãdes,
Bandés or contre nous, nous fuivent par les landes.
Qui pour nous affifter, nous fuivoit le matin,
Maintenant nous pourfuit pour avoir le butin :
Et les femmes quittants, laine, fil & quenouilles,
Par trouppes vont piller nos fanglantes defpouilles,
Sàns effroi, ni pitié, l'ennemi les voiant
Riant les encourage, & en nous tallonnant,
Plufieurs pour efchapper fa main victorieufe
La parque vous trouver deffous l'ombre bourbeufe
L'Ifle en regorge toute, & les flots argentés
De Dronne on voit rougir fous les corps fanglãtés.
Gief. Vous aftres malheureux fous lefquels ma
　　　naiffance,
Me fit au mõde voir, qui des ma ieune enfance,
Me promettiés tãt d'heur, fourquoi cruels flãbeaux
Fecondés vous mes iours de tant & tant de maux?
He! quoi les accidents que le haut ciel enlace,
Tomberõt donc toufiours fur moi, & fur ma race?
Quoi malgré mes efforts, pourra donc retourner,
Dans la France la paix, & repos lui donner?
Les captifs ramener, Et toute la fatigue
Le danger, la terreur, tombera fur la ligue?
　　　　　　　　　　　　　　N'advien

N'aduienne moi viuant,pluſtoſt de ceſtè main
Pour marracher le cœur ie mouurirai le ſein?
Viſt.Pourquoi côſommés vous le tĕps en doleăces?
Pourquoi vous plongés vous en tant de deſſiances?
La Fortune a manqué.mais vn hommetout ſeul
Eſt voſtre ſeule perte,& ſubieĉt de ce dueil.
Le dueil eſt naturel,toutesfois l'homme ſage
Le doit diſſimuler de bouche,& de viſage:
Mais les granàs plus que tous dautant qu'alentour
Le peuple tient touſiours côme collés les yeux:(d'eux
Obſerue ſes façons & chaſcune Prouince
Patronne ſes humeurs a celles de ſon Prince:
Suiuez donc mon conſeil,môſtrés vous courageux
Pour vn ami perdu vous en trouuerez deux;
L'argent ne manquera i'uſerai d'artifices:
Le Pape permettra vendre les benefices ;
Le Clergé s'y conſent il ne peut s'excuſer
D'vn bien ainſi acquis,ainſi doit on uſer.
L'or ſourcée en leurs mains,& de les rendre vuides
Ce ſeroit mettre fin au trauail des Belides,
Si l'ardeur s'amortiſt,ie l'irai attiſer,
Et pour la verité finement deſguiſer,
Ie ferai le deuot,le pleureur,l'hipocrite,
Et tout ce que peut faire vn accort Ieſuite:

Les prescheurs sont a moi de fables inventeurs
Les seraines de cour, les Courtisans menteurs:
Ie sçai les plus rusés attrapper sous ma trame:
Ie sçai contre vn mari armer sa propre femme
Ie sçai faire subtil par venins estouffer,
Ceux qui n'ont redouté ni le feu, ni le fer:
Ie sçai du grand Paris armer la populace,
Pour desceptrer son Roi, & vous mettre en sa place,
Ie sçai armer vn grand poussé d'ambition
Contre son propre sang, contre sa nation:
Ie sçai d'vn fait tout clair, voire a chacun notoire,
Par cent mille façons le rebours faire croire:
Et comme j'inventai le Catholicque Anglois
Vne Antiverité iescrirai ceste fois,
D'vn subiect affecté, & par vn si doux stile (gile.
  Qu'on tiendra mes escrits comme vn autre Euan-

Chœur des Francois lassez & pillez de la guerre.

DEsia sont trois printemps vers,
  Trois Estés & trois Hivers,
  Glissés par dessus la terre:
  Et l'astre pere des iours,

Aborné

A borné l'an de son cours
Trois fois durant ceste guerre,

Encor ne voions nous pas
De tant de miseres las,
Les autheurs de ces orages :
Le temps n'ayant eu pouuoir
Que d'autant plus esmouuoir
Et leurs fureurs, & leurs rages.

Nous sommes courus, pillés
Vagabondans exilés,
France est de France banie ;
Et ne sont pas contents or,
Si avec nos biens encor
Ils n'ont nostre povre vie.

Nous avons veu ces mutins
Acharnez comme mastins
En leur rage carnaciere,
Et tels que Tigres & loups,
Ensanglanter a tous coups,
De sang froid leur main meurtriere.

Pour du tout nous accabler,
Ils avoient fait assembler
Gens de toutes les Provinces,

G   Peu

Pensants par un seul combat
Enseuelir cest estat
Dans le tombeau de nos Princes,

Ils sont venus contre nous
En l'aigreur de leur couroux
Mais ceste superbe armée,
Perdant sa fureur en vain
Nous auons veu tout soudain
S'esuanouir en fumée.

Ces brauaches Rodomonts
Accouroient a millions
Pour partager la victoire:
Et n'ont receu pour leur part,
Que la rigueur du hasard,
Et la honte pour la gloire.

Tant déstendarts peincturés
Tant de corcelets dorés
Espandus parmi la voie:
Ont tesmoigné dans Coustras,
Que l'or ne nous combat pas,
Ni les perles ni la soie.

Nostre bras n'a point aussi
Le brillant lustre obscurci,

De

De ceſte bande pompeuſe:
Et noſtre Chef belliqueur
N'en a point denié l'honneur
A ſa dextre genereuſe.

Ceſt toi o Dieu ſouverain,
O noſtre Dieu ceſt ta main
Qui de la voute azurée,
Pour terraſſer leur fureur
As dardé ce trait vengeur
Sur ceſte troupe dorée.

Ainſi de l'Aſſirien
Dans le champ Betulien
Tu fis trebuſcher l'audacé :
Et tant deſcadrons divers
Terreur du rond univers
S'enfuir devant ta face.

Ainſi le camp Philiſtin
Pres du rampart Paleſtin,
Se vit par ton bras deffaire :
Ainſi ainſi deſormais,
Les ennemis de la pax
Puiſſent ſentir ta cholere.

G 4

Acte cincquiesme.

Scene premiere.

Giesu. Valardin. Visteie.

Giesu.

Qviconque voudra voir vne ame ambitieuse
D'vn leger pas presser la fortune douteuse:
Qui voudra voir un cœur allaicté sous l'espoir
De sceptres, de grandeurs, celui me vienne voir.
Et qui voudra encor, voir dans vne pensée,
La bouillonnante ardeur & la fraieur glacée
Qui voudra voir helas! le rabaissé souci
D'vn superbe abusé me vienne voir aussi.
Vienne voir vn esprit qui agité balance,
Entre le desespoir & la vaine esperance.
Vienne, vienne me voir & apprenne de moi,
Que c'est que d'attenter a l'estat de son Roi,
Apprenne que le ciel d'ou depend la puissance,
Des Monarques sceptrés prend en main leur defense;
Leur sert de sauvegarde & iuste punisseur,
Darde ses traits vengeurs sur le chef rauisseur.
Ah ie l'esprouue bien, ie l'esprouue peu sage,
Et crain de l'esprouuer encor a mon dommage;

Ic

Ie crain ô dur regret, ie crain que mes deſſeins,
Mes complots, mes proiects, en fin ſe trouuēt vains.
I'en friſſonne de peur, & mon ſein qui pantelle
Eſt rempli de l'effroi qui mon ame bourelle.
Val. Pourquoi perdés vous tant de propos indiſ-
     crets?   (grets-
Pourquoi vous geſnés vous ? pourquoi tant de re-
Deſgorgés vous en l'air? Ou·eſt ceſte conſtance,
Ce courage indompté, ceſte brave aſſeurance
Dont vous eſtes vanté? Eſt-ce ainſi comme il faut
Vigoureux ſouſtenir, d'un grand malheur l'aſſaut?
Quoi ? voulés vous ceder a l'infortune amere,
Et pour vn mal futur vous combler de miſere?
Sus rentrés en vous meſme vn magnanime cœur,
Ne doit iamais ploier ſous l'importun malheur.
Gie. Ie ne l'ai plus ce cœur ſuperbe & magnanime
Rien rien n'eſt plus en moi qu'an remors qui me
     lime,
Qui mes veines tariſt, qui deſſeiche mes os,
Me privant de plaiſir, de repas, de repos.
Raviſſant mon bel heur. Val. Quelle angoiſſe
     nouvelle
Gliſſée en voſtre cœur, trouble voſtre cervelle:
Gieſ. Le regret qui cruel me torture l'eſprit

          G 3   Vient

Vient de voir peu a peu nostre parti destruit.
De voir la poure ligue au paravant prisée,
Estre preste a servir de fable & de risée.
De me voir moi iadis iusqu'au ciel colloqué
Tacitement haï, tacitement moqué,
De voir que du Clergé la troupe despitée,
Retire de nos mains la corne d'amalthée:
De voir ce beau Roiaume a l'Espagnol vendu
Malgré nos forts efforts pour lui & moi perdu.
Vist.   Perdu que dites vous ? Or qu'a vostre en-
        treprise,
Tout succede a souhait, que tout vous favorise,
Or que les deputés des convoqués Estats
Attendent de leur Roi le comploté trespas,
Vont par election du tout irreuocable
Vous nommer, ô quel heur de France Connestable?
Encor que pour vn temps & ce temps expiré,
Ie vous voi dans la main ce beau sceptre doré,
Ie vous voi disposer, des Provinces, des Villes
Plus que Dieu adoré ? Gies. O propos inutiles.
Vist. He! vous touchés l'effect. Gies. Mais en vn
        fait si haut
Ma force s'afoiblit, le courage me faut,
Ie sens renaistre en moi la pasle deffiance

                                    Ie sens

Ie sens mille bourreaux dedans ma conscience,
Et ce que i'imagine en mon cœur soucieux
N'est que fer feu & sang, que massacres hideux.
Les Estats sont pour moi, voire & ie le confesse
Ie les ai corrompus, par presents par promesse,
Et par menace encor, mais peu seur est celui
Qui son bon heur attend du iugement d'autrui.
D'un peuple ains du Neptun esmeu par les tempestes,
D'un Hydre fecondant, d'un monstre a plusieurs
    testes :
Et qui change d'humeur aussi tost & souuent
Qu'on voit calmer les flots apres l'effort du vent.
De moi & des Estats l'esperance friuole
Auoit pris fondement sur l'armée Espagnole,
Sur cest ost belliqueux, l'horrible estonnement,
De ce grand vniuers, & seul enfantement
De nos conceptions, & voila ceste armée,
Par fer, par feu par vents sous Thetis abismée:
Voila en un moment ce gros amas guerrier,
Qui ne pensoit bastant un monde tout entier,
Pour dompter ses fiertés en l'ardeur de sa flame
Tombé, ô coup du Ciel, au pouuoir d'une femme.
Puis tout succede bien, ô malheureux succés
O triste avantcoureu, de mon triste decés,

                    G 4   Qui

Qui troublant ma clarté rendra la ligue esteinte,
Encor helas! on dit, que ie n'i va qu'en feinte.
Val. Qu'ainsi l'eussiés vous fait, la Frāce seroit or
Oppulente en guerriers. Gies. Mais elle l'est encor,
Et cest ce qui me perd, & cest ce qui me tüe,
Et cest le seul subiect de ma mort survenüe.

     Le Duc mon cher germain, faisant de Castillon
Foudroier les ramparts par le tonnant canon,
Les perdoit a milliers puis fit a sa retraite
Vn trophée orgueilleux de la troupe deffaite:
Et France toutesfois fourmille de soudarts,
Cest un vrai magasin des nourriçons de Mars.
Et tant plus on l'assaut plus les trauanx supporte,
Plus sa force on abbat, plus on la trouue forte.
Val. I'ai tousiours en mon cœur jugé tresmal aisé
De dompter le François. Gies Et moi trop abusé
Le pensois sous mon ioug, quand de ceste campagne,
Par l'argent & le fer, ie chassai l'Allemagne:
Qu'un Prince de Condé indomtable aux combats,
Fut d'un paison repeu pour son dernier repas.
Que Paris, ains Atlas, qui nostre ligue porte,
Pour desceptrer son Roi me fist si bonne escorte:
Que l'esclattant Senat, n'osoit espouuanté
Prononcer ses arrests que par ma volonté.

                        Cest oit

Ceſtoit lors, ceſtoit lors que ma dextre puiſſante,
Deuoit executer ſa chôlere ſanglante:
Ah! que ne l'ai-ie fait? Ah! manque de courage,
· Ie m'en repens, mais tard, mais tard a mon dom-
      mage.   (glanté.
Val. *He! voudriés vous porter un ſceptre* enſan-
Viſt. *L'on ne peut l'aſſeurer que par la cruauté.*
Val. *La cruauté d'un grand fait que chacun l'ab-*
    hore.
Gieſ. *Mais pluſtoſt qu'on le craint, qu'on l'aime*
    & qu'on l'adore.
Val. *Celui qui eſt fort craint, eſt touſiours fort haï.*
Viſt. *La haine eſt peu de choſe a qui eſt obeï.*
Val. *Ce qui eſt violent eſt touſiours peu durable.*
Gieſ. *Dure on ne dure pas ne m'en chaut miſera-*
Ie ſuis abãdonné. Val. *Monſieur retirés vous,* (ble
Fuiez de voſtre Roi, & du ciel le courroux,
Croiés á mon conſeil fidele & neceſſaire,
Et addreſſés vos pas vers le Duc voſtre Frere,
Craignant que les Eſtats pour vous ſeul aſſẽblés,
Ne ſoient en vous perdant, & perdus, & troublés.
Paris vous ſoit teſmoing qu'une grande aſſemblée
Eſt ſouvent par le ſang & perdue & troublée.
Viſt. *O le bon conſeillier, o le bon ſerviteur.*
            G 5   Val.

Val. *Mon conseil est sans fard, ie ne suis point*
　　flateur.　　　　　　　　　　　　　*(commode?*

Vist. *Vouloir qu'a vostre humeur vn Prince s'ac-*

Val. *Ie le voi des grandeurs atteindre au periode.*

Ie le voi du bon heur iusqu'au feste monter,

Mais ie crain de le voir en bas precipiter,

Vist. *He ! que pourroient penser les deputés de*
　　France,

Apres un tel depart ? he! Dieu quelle asseurance

Auroient ils d'un tel Chef, assistez mais de loing,

Vrai cheval au pied blãc, pour mãquer au besoing?

Gies *Non ie ne croiés pas, non non cher Iesuite,*

Plustost un beau trespas qu'une honteuse fuite.

Ie me veux conformer tout a vos volontés,

Allés, briguês, tramés, pressés, precipités.

Bandés tous vos esprirs, contraignés la fortune,

Faites voguer ce Roi sur la barque commune

Sa vie est en vos mains, & la mienne en depend.

Ce qui lui pend à l'oeil a l'oiel aussi me pend.

Val. *Bornerez vous iamais ces rages continues?*

Frapperés vous tousiours de vos clameurs les nuës?

Serez vous tant privé de sens & de clarté

De vous laisser aller a la temerité?

Gies. *Si c'est temerité, ie serai temeraire,*

　　　　　　　　　　　　　　　　　Ainsi

Ainsi en veux ie user, ainsi en veux ie faire.
Or qu'un remors me picque, or que le triste esmoi
S'eternise en mon ame, encor tousiours ie voi
Ma douleur empirer, soit que la belle Aurore,
Ouure la porte au char qui ce grand tout redore,
Ou soit lors que Phœbus marque son demi cours,
Soit qu'il trẽpe en Neptun son chef pere des iours,
Ou soit que le sommeil glissant dans nos paupieres
Soulage les humeurs des peines iournalieres (chef,
Tousiours quelque malheur, tousiours quelq. mes-
Se presente a mes yeux se pend dessus mon Chef.
Fait renaistre l'ennui qui devoreur me ronge
Par quelque vision ou malencontreux songe.
Val. Estes vous si trompé que de vous affliger
Pour l'erreur abusif d'un songe mensonger?
Gies. Ce n'est point un erreur ni fable mensongere
Mon esprit ne se paist de chose si legere.
Mes songes sont certains, & pressés du destin,
Presagent de mes maux la miserable fin.
Mesme encor cestenuist, lors que la voute aïrée,
Commençoit voir le front de l'aube bigarée :
Bien que dormant i'ai veu, estrange vision,
Au milieu d'un beau parc un superbe Lion,
Et pensois voir encor une farouche bande

De

De cent mille lions que ce lion commande,
Sous ses ongles, pointus il couuoit vn thresor,
D'vne perle de prix ioincte a vn cercle dor,
Que pour lui desrobber ie m'approche & le flatte,
Et toutesfois en vain, car son avare patte,
D'autant plus la pressoit, quand d'un esprit rusé
Sous vn fardé subiect ie me suis advisé,
De mettre guerre entre eux, pour durant leur que-
Me rendre possesseur d'vne chose si belle.   (relle
Lors comme il me sembloit ce sont mis agronder
A s'entre-deschirer, a s'entre-pelauder.
D'horreur de sang, de cris, tout craint, onde, reson-
Leur chef intimidé de ce combat s'estonne,   (ne
Ie m'advance & pren cœur, mais en voulant tas-
        cher
eMa main dextre enrichir, de ce ioiau si cher.
I'ai veu ces animaux acharnés au carnage,
Desployer leur fureur, vomir toute leur rage,
Contre moi desastré qu'ils ont en pieces mis,
Et pour me desmembrer se sont refais amis.
I'en tremble en le contant : & de la peur recente,
D'un autre songe affreux qui plus fort me tour-
        mente.   (vant.
Vist. Cest quelque faux Demon, qui vous va dece-
                                Gies.

Gief. Ce n'eſt Demon ni Larue, ains ceſt l'eſprit
       errant
De ce doſte Prelat, ce torrent d'eloquence,
Honneur de noſtre race, & peſte de la France,
De ce grand Cardinal qui le ſiege Romain
Et le riche Clergé tenoit comme en ſa main.
Teſmoings m'en ſont mes yeux, mes yeux, & mes
       aureilles,
L'ont veu, l'ont entendu, non en formes pareilles,
Non en la gravité que ſuperbe il avoit,
Lors que craint & cheri en ce monde il vivoit.
Il eſtoit triſte & morne, & ſa face hideuſe,
Couvroit ſon paſle teinſt d'vne craſſe poudreuſe,
Sa barbe mal peignée, & n'avoit ſous le front
Au lieu de chaſcun oeil, qu'un trou large & pro-
      fond,
D'vn l'inceul deſchiré il couvroit ſes eſpaulles:
Ses iambes reſſembloient deux menuëttes gaulles:
Ses blãches mains, ſes bras, iadis charnus & beaux
N'eſtoient plus que des os couverts de laides peaux.
Qu'il allongeoit vers moi, & tiraſſant ma coũche,
Entrouvre par ces mots, ſa craquetante bouche.
    Tu te donne au repos, chetif & ne prevoi,
Vn orage de maux qui vont roüant ſur toi

                     TH

Tu te perds ô povret, tu perds ma chere curë,

Tes amys, ta maison, & ta race future :

He! cesse plus avant la fortune tenter :

Qu'vn espoir abuseur ne te vienne flatter,

La Ligue est terrassée & le prochain desastre

Te tallonne importun pour ton audace abbattre.

    Il n'auoit dit encor quand vn estonnement.

Remplit mon cœur d'effroi, mon corps de tremble-

Vne pasle froideur me saisit & mes veines   (ment,

Au lieu de tiede sang, furent de glace pleines.

Le somne s'envolant ie desire parler,

Mais ma bouche est sans voix : i'estends mes bras

              en l'air,

Pour me pendre a son col, pour toucher son visage :

Mais ie n'embrasse rien qu'vn espoiss nuage :

Mes bras furent fraudés & l'ombre desaffreux

Se retourne loger dedans l'averne creux.

    Chere ame ou que tu sois, ou que te sois chere ame,

Par tes, Manes sacrés, humble ie te reclame :

Que s'il me faut ploier au malheur inhumain

Que si ie suis frustré du sceptre souverain,

Que si la povre Ligue est par terre abbatue

Que si de mes desseins l'esperance est rompue :

Fai benigne fai tant pour mon dernier secours

                             Que

Que la sourde Clothost desourdisse mes iours,
Que mon attente morte vn seul iour ie ne viue,
Et que t'accompagnant sur la dolente riue,
De l'Acheron bourbeux, ou du creux Phlegeton,
I'accroisse d'vn esprit le regne ds Pluton.
O bourelle douleur, ô torturé martyre,
O Ciel cruel, O Ciel plein de fureur & d'ire,
O songe prediseur de mon tourment fatal,
O vision horrible, augure de mon mal,
Que vous me trauersés. O fortune marastre
Tu tés fait adorer a mon cœur idolastre,
Et tu me laisse ingratte, He! ton front inconstans
Se destourne de moi, me va precipitant
Au fonds du noir Lethé ou chetif ie deuale,
Portant plus de douleur que l'alteré Tantale,
Que Sisiph' fatigué, que le poure Ixion:
O regret, ô malheur, ô desolation:
Ie suis pris a mes rets, ie suis tombé peu sage
Dans le mesme fossé, dans le mesme cordage,
Que vous cher geniteur, auez caué, tendu
Et par lui tout premier attrapé & perdu:
Vostre triste accident fut presage du nostre,
Aussi aussi m'attend vn sort pareil au vostre:
Et ceux qui ont pour moi prodigué vie & bien

Sont oielladés helas! d'vn sort pareil au mien.
O prodigieux songe, ambassadeur d'angoisses,
O messager d'ennuis. Val. Que sert tãt de trislesses?
He! que sert ie vous pri de vous troubler en vain,
Pour d'vn songe roullant le presage incertain?
Gies. Ie meurs au souvenir d'vne vision telle.
Val. Mais d'vne illusion qui vostre esprit mar-
        telle:
Ce sont larues, Demons, & fantosmes qui lors,
   Qu'ils nous veullẽt tromper se façonnẽt des corps,
   Qui n'ont rien de solide: ains la vaine apparence
De quelque amy defunct, en qui de iour on pense.
Ceux qui morts ont passé le fleuue d'Acheron,
Et paié le tribut au vieil Nocher Charon,
Ne retournent iamais: l'inexorable parque,
Ne leur permet r'entrer dedans la triste barque,
Pour revoir du Soleil, le raionneux flambeau,
Et revoir de leurs corps le sommeilleux tombeau,
Il est aisé d'aller en la sombre caverne:
Le chemin ne clost point pour entrer dans l'auerne
Mais qui veut retourner il rencontre au partir,
Vn Dedale sortu dont on ne peut sortir.
Vist. Ceux qui veullent, trompés, croire à l'erreur
        des songes.

Embrouillēt leurs esprits, de cent mille mensonges :
Ainsi les Savatiers, ainsi les villageois
Pour avoir bien songé seroient Papes & Rois :
Ainsi vn grand Monarque , ainsi vne Emperiere
Se verröit crocheteur, se verroit lavandiere,
Pour avoir mal songé : domptés donc ces fraieurs,
Chassez de vostre esprit ces songes abuseurs,
Le beau sceptre vous rit : he! quelle mocquerie
Si vous l'abandonnés pour vne resuerie ?
Et qu'un fantosme vain vous ait privé de cœur,
Et privé de poignard, ce bras presque vainqueur?
Gies. Vos propos sont certains & vos raisons tres-
      belles,
Aussi malgré l'effroi qui glisse en mes moüelles,
Ie vai precipiter vn fait tres-hasardeux :
Au fort au fort il faut qu'il en meure vn des deux.
Soit le Ciel ennemi soit fortune rebourse,
Ie ne veux m'arrester pres le but de ma course.
Il mourra, il mourra, sa mort est dans ma main,
Il est Roi auiourd'hui, ie le serai demain :
Ne me deust il rester que quatre heures de vie,
Ie verrai sur mon front la couronne ravie.
Heureux qui meurt en Roi n'eust il regné qu'vn iour
Cest mon dernier advis, vn chascun a son tour.

            H   Chœur

Chœur des Filles.

CEssons, ô Filles dolentes
     Gemissantes,
Ne rompons plus nos cheveux.
Ne frappons plus nos poictrines
     Albastrines
De tant de coups impiteux.

Ostons de nos yeux ces larmes
     Foibles armes,
Ne poussons plus les clameurs
De nos plaintes continues
     Dans les nues,
Pour te smoigner nos douleurs.

Oublions compagnes cheres
     Nos miseres
Ne malheurons nos beaux iours.
Que la chagrine tristesse
     Nous delaisse
Proches de nostre secours.

Or qu'on pense de la France
     La defense
Pousser es moites tombeaux :

Ses

Ses champs mettre en cimetieres,
     Ses rivieres
Faire onder de rouges eaux.

Que le Ligueur execrable
     Nous accable,
Qu'il va comme au ciel toucher :
C'est or, c'est or qu'il faut croire
     Que sa gloire
Est plus pres de trebuscher.

Que pourroit il d'avantage ?
     Son oultrage
Attainct sa perfection :
Fors de ravir de son Maistre
     Vie & sceptre
But de son ambition.

C'est ardeur bout en son ame,
     Et sa trame
Se fait or clairement voir :
Mais dans ceste mesme trappe
     Il s'attrappe
Fraudé de son vain espoir.

Desia de Dieu la menace
     La pourchasse,

Sur son chef le glaive pend:
Et pour l'horreur de son vice
Le supplice
Ordonné du Ciel l'attend.

Ceste race forestiere
Meurtriere
Suivant vn dessein cruel:
Va recevoir temeraire
Le salaire
De se prendre a l'Eternel.

Cest sa divine clemence
Qu'on offense
Quand sous vn pretexte feinct,
On masque mille voiages
Mille rages
Du voile de son nom sainct.

Scene seconde.

Numiade. Hierome. Galopin.

Numiade.

(ne,
Qve cest un pesant faix qu'une attête incertai-
Quel deuorenr souci: quelle angoisseuse peine?
Ah!

Ah! ie n'euſſe pas creu pouvoir tant redouter
Le haſardeux effeᶜt qui me fait or douter,
Ie n'en puis contenter mon ame tourmentée,
Mais au fort s'en eſt fait, la pierre en eſt iettée
Le iour eſt expiré, vendredi iour ſacré
Le Roi, advienne ainſi, fut a Blois maſſacré,
Ou bien ils l'ont failli: non il n'eſt pas croiable:
Qui l'auroit ſecouru, quelqu'vn peu redoutable?
Hier. Il faiſoit ſon eſtoc des Princes de ſon ſang.
Num. Ils ſont tous diſperſés. Hier. Mais leur cœur
   eſt ſi franc
Qu'un ſeul deux eſt baſtãt prochain de ſa perſonne
Pour le Roi preſerver & ſauver ſa couronne.
Nu. Celui que plus ie crain eſt de lui le plus loing.
Hier. Il s'eſt touſiours loial, offert a ſon beſoing.
Mais s'il le veut tirer des mortelles encombres,
Faut qu'il l'aille chercher parmi les palles ombres.
Num. Ie le croi mais ie ſens que mon eſprit flateur
Seſcoulant peu a peu veut ceder a la peur,
Tout ce que i'apperçoi vn malheur me figure,
Si ie voi des oyſeaux, ceſt ſous vn triſte augure,
Si ie vai dans le bois, i'oi l'hurlement des loups,
I'oi les corbeaux criards, les enroués hiboux,
L'orfraie annonce mort, & touſiours a ma porte

Ie trouue vn nain boſſu ou quelque femme torte,
Preſage de douleurs. Hier. Tout cela n'eſt qu'abus,
L'on n'en fait plus de cas, meſme on n'en parle plus
Si non entre ſorciers, & iamais homme ſage,
Ne brouille ſon eſprit d'augure ni preſage.
Ne vous affligés donc, au iourd'hui ou demain
Quelque poſte viendra vous en rendre certain.
Gal. Que d'un eſclat ſouffreux l'orageuſe tempeſte
N'a elle accrauanté ma miſerable teſte?
Que d'un ſcadron guerrier les ennemis ſoudarts
N'ont ils ouvert mõ cœur, de mille & mille dards?
He! que le ventre creux d'une louve goulüe
De ma tremblante chair n'a il ſa faim repüe?
Pluſtoſt helas, pluſtoſt que vivant endurer,
Le tenailleur regret qui me vient torturer,
Pour en fin ſuccomber. & avant que periſſe
Voir devant moi perir la ligue ma nourrice?
Encor chetif il faut pour mon mal augmenter
Au deplorable Duc ce deſaſtre conter.
Il me faut le trouver, o pitié, pour lui dire
L'incroiable malheur, l'incroiable martyre
De ſes freres aimés: ah! ie ne penſe pas,
Qu'il ne borne ſes iours d'vn violent treſpas,
Si toſt qu'il l'entẽdra. Hier. Voici quelque meſſage.

                               Num.

Num, *Le cœur au sein me bat.* Hier. *Il semble à*
son visage,

Qu'il soit espouvanté. Gal. *Ha le voici ô cieux!*
Hé! me faut il porter propos tant odieux?

Nu. *Qu'as tu appris amy.* Gal. *Des piteuses nou-*
velles. (cruelles.

Hier. *Quelque place surprise.* Gal. *Encores plus*

Num. *O nouvelle douteuse, o naissante douleur!*

Gal. *Mon esprit est saisi d'vne telle fraieur*
Que ie ne puis parler: Hé povre ligue saincte!
Ta brillante splendeur est ceste fois estainte.

Num. *Ah le coup est failli nous voila tous deffaits*
O des augures vrais les desastreux effects.

Hier. *Soiez plus retenu, possible le dómage.* (tage.

N'est si grand qu'il le fait. Gal. *Mille fois d'avan-*

Hier. *Ce malheur est donc grand.* Gal. *Et plus que*
ne pensés.

Hier. *Hé! commět?* Num. *O terreur.* Gal. *Vous le*
sçaurez assez,

Mais premier sauvez vous, pensez a vos affaires,
La ligue est terrassée & terrassés vos freres

Nu *O malheureux message, o bourrelle rigueur,*
Fendés mon cœur fendés. fendés fendés mon cœur,
Qu'une goutte de sang ne reste dans mes vaines

O rages, ô fureurs, ô Parques inhumaines,
De sracinés mon ame, ouvrés gouffres, ouvrés
Vos abismes affreux, & tout vif m'engouffrés.
O Cieux cruels, ô Cieux! Hier. He Monsieur veil-
    lez prendre
Trefues de vos clameurs, & ces douleurs entêdre.
Num. Rien que rage & qu'horreur ne peut en moi
Rien de bon ie n'atten. mais conte messager, (logez
Di nous la verité, ne crain que ton langage,
Tant malheuré qu'il soit altere mon courage:
Ne me desguise rien, car aussi bien ie meurs,
Mon malheur est si grâd qu'il passe tous malheurs.
Gal. Desia des trois estats la troupe convoquée
Par promesses & dons estoit tant practiquée,
Qu'un seul des Deputés n'eust osé proposer
Que ce qu'a nostre Chef plaisoit de disposer,
Il gourmandoit le Roi, commandoit la noblesse,
Tenoit bride au Senat, le Clergé comme en lesse,
Le peuple sous le pied, & son ambition
Le pressant prendre au front la chauue occasion,
Commanda qu'on l'esleust tant estoit redoutable
Par la commune voix de France Connestable.

    A ce commandement aucun ne s'opposa,
Ains craignant sa fureur chascun se disposa
                       Pour

Pour ceste election : Mais vne deffiance
Vn desir tenailleur troublant sa conscience,
Le fait impatient resoudre a massacrer
Dans sa chambre le Roi, puis se faire sacrer :
Si qu'au lieu de porter, Connestable, l'espée
Il portast sur le front la couronne usurpée.

Or soit que le destin, ne l'eust permis ainsi,
Soit que le Dieu du Ciel prenne des Rois souci :
Vn de nos partisans ayant encor en l'ame   (trame
Quelque peu de François, descouure au Roi la
Dit, ou, quand & coment, par qui, sous quel signal
Nous avons resolu tremper au sein Raial
Nos poignards meurtrisseurs , pour la mort sur la
Desploier nos fureurs sur le sang de sa race. (place

Le Roi donc adverti de ce cruel complot,
Observe nos façons, & secret ne dit mot,
Iusques au vendredi, vingt & trois de Decembre,
Lors qu'il devoit mourir poignardé das sa chabre.
Nu. Ah coplot sans effect! Gal. Assemblez au conseil
Ce Prince marque tout, & void nostre appareil
Iuge bien advisé qu'a ceste heure, a ceste heure,
Il se doit monstrer Roi ou qu'esgorgé il meure.
Entre en son cabinet, mande ses serviteurs (cœurs,
Qu'il congnoist vrais François & de bouche & de

Les appelle par noms, puis d'vne voix contrainćte
Fait couler ce discours, ou plustoft ceste plainćte.

    Tous les Rois devanciers qui depuis Pharamôt
Ont prû le sceptre en main & la couronne au frôt,
N'ont eu mal ni travail, ni traverse inhumaine
Qui se puisse esgaller a ma plus douce peine.
I'eſtois encor enfant quand privé de repos
Les guerres ont eſté comme fais ſur mon dos.
L'on ma fait haſarder aux ſanglantes batailles,
Aux repouſſés aſſauts, aux mines des murailles.
On m'a fait triompher, Mais des ſubiećts Frãçois,
A me perte vainqueur & vaincu toutesfois;
I'ai mes beaux iours tramez en cent mille miſeres,
La poiſon m'a ravi, mes trois honorés freres:
I'ai trouvé tout confus: mais voulant de ce faix
Mon peuple deſcharger pour vn heureuſe paix
Ceſt ingrat, ce Ligueur, ce ſanglant Canibale.
Aſpirant deſloial a la grandeur Roiale:
S'eſt contre moi bandé, a ſur pris mes Cités
Gaigné les Gouverneurs, mes ſubjećts revoltés,
M'a fait rompre la paix, m'a contraint le rebelle
Chaſſer loing de ma Cour, maint ſerviteur fidele,
Puis ma chaſſé moi meſme, encor n'eſt il content
Le cruel maſſacreur, encor, encor m'attend,

Pour

Pour me ravir la vie. O divine clemence
Tu ſçais bon Dieu, tu ſçais, quelle eſt ma patience,
Tu ſçais que tu m' as mis le glaive dans la main
Pour eſtre des François le iuge ſouverain :
Ie le puis donc iuger, Mais premie ie proteſte
Que dis-ie proteſter ains les hauts Cieux i'atteſte,
Que ie ne ſuis pouſſé au iugement predit,
Que par l'extremité ou ie me voi reduit.
Meure donc, meure donc qu'a ce coup ſa malice,
Reçoive iuſtement le merité ſupplice,
Que ſon frere le ſuive, & qu'en fin ſa maiſon,
Maiſon d'iniquité ſoit reduite en priſon.   (ture
    Quoi, vous mes ſerviteurs, ma chere nourri-
Qui ne pourriez porter vne legere iniure,
Aurez vous bien le cœur, Certes ie ne le croi,
De voir ceſt aſſaſſin maſſacrer voſtre Roi :
Voſtre Roi que voiez, Iuſques a la contraindre
Quil ne lui eſt permis, Qu'en ſecret de ſe plaindre
Voſtre Roi qui n'attend, O funeſte haſard, (gnard?
Que le coup inhumain , d'un meurtriſſeur poin-
Num. Ah mon Dieu, ah mon Dieu. Gal. Diſant
A tous les eſcoutãs le cœur ébraſé vole : (ceſte parole
Bien que la larme a l'oeil, & reſpondirent tous
Nous ſommes vos ſubiects, Sire commandez nous.
                                        Allez

Allez donc, dit le Roi, & sans que plus on tarde
Que ce grãd poignardeur sur le chãp on poignarde
Devançés son dessein. Num. O cruel iugement
He mon frere, he mõ frere! Gal. A ce cõmandement
Chascun deux obeit, & l'vn de ceste bande
Va dire a ce grand Duc que le Roi le demãde (mer
Hic. He povre Prince helas. Gal. Oyant le Roi nõ-
L'effroi glaçant son cœur vient sa bouche fermer,
Il se leue & soudain se veut remettre au siege.
Il doute que son pied tombe en son mesme piege,
Vn remors le tenaille, & tournant son regard
Vers ceux de son parti, pressé du ciel il part,
Entre dedans la chambre, & ne trouue en icelle
Que les executeurs de la parque cruelle,
Qui de deux fois sept coups luì font ietter le sang
Qui au chef, qui au sein, qui au bras, qui au flanc.
Il s'efforce & debat, crie en paroles hautes,
Ah mes fautes, dit il, ah mes fautes, mes fautes:
Mes fautes, a ces mots l'ame legiere fuit,
Loing du corps sanglanté qui pallissant roidit,
Puis tombe & fait vn bruit comme quãd un orage
Renverse vn gros sapin desnué de fueillage.
Num. Que ie ne vive plus o Demons conrroucés
Accourés tous a moi, tenaillés, terrassés

Que

Que ce corps soit froissé, que ce corps on partage,
O supplice cruel, ô barbare courage,
O mort, cruelle mort, o sort trop rigoureux,
O de l'herebe noir le monstre plus hideux.
Sortez des-sombres bords, ne laissés sous la terre
Serpents, gesnes, brasiers, qui ne me facent guerre,
Ah courages faillis! Ah par son or gaignés,
Ne deuiez vous plustost au sang estre baignés
Qu'avoir abandonné ô race temeraire,
A trois pas de l'effect de la Ligue le Pere?
Gal. Aux clameurs de sa voix le conseil se leva,
Es cœurs de nos amis l'effroi glacé coula,
Lors ce grand Cardinal voulant sortir la porte
Pour gauchir au danger est saisi sans escorte,
On prend les deputez, pratiqués partisants
On n'espargne vn tout seul de vos aimés-parents
Iusqu'a vostre Cousin, a vostre ieune frere,
Iusqu'a vostre Neveu, iusques a vostre Mere,
Mesme ce vieil Prelat ennemi de son nom,
Des gouttes attaché a son lict pour prison.
Hier. O misere, ô douleur. Gal. Ceste prison seuere
Ne peut encor fleschir du Prince la cholere
Ains fait un iour apres pour son arrest final
Executer a mort ce ieune Cardinal,

Puis

Puis des freres meurtris les beaux chefs il fait
　　　prendre,　　　　　　　　　　　　　(dre:
Par la main du bourreau, les corps reduire en cen-
Les deux chefs reservez pour exemple d'effroi.
A qui ose attenter a l'estat de son Roi.
Num. Vous des morts massacreurs les Parricides
Qui maudites grillés aux eternelles flames, (ames
Vous filles de la nuict qui dans l'enfer noirci,
Torturés les esprits, arrachez moi d'ici:
Venés dire, sortez de la sombre demeure,
Entrainez moi la bas faites tant que ie meure :
Que le soleil brillant ecclipse de mes yeux,
Le iour m'est importun, le trespas desireux;　　(sle
O comble de malheurs. Gal. Vn autre malheur re-
Qu'il faut gemir encor. Hier. O messager funeste!
He! que peut il rester? Gal. Nostre plus grand sup-
Peste du nom François, la mere du discord,　(port
Mere de trois grands Rois, & mere d'artifice,
Meurtriere de la paix, & la mere nourrice
De nostre saincte Ligue, ayant d'vn oeil piteux
Pleuré & repleuré, ce trespas desastreux
Quitte en fin les sanglots, les souspirs & les larmes
Et veut d'vn masle cœur avoir recours aux armes
Remue & terre, & ciel, cerche l'invention

　　　　　　　　　　　　　　　　　　De

De reschauffer au sein la morte ambition,
S'efforce de trouver entre les Catholiques
De nostre parti mort quelques vaines reliques,
Qui de ça, qui de là despesche messagers,
Flatte les gouuerneurs, mande les estrangers,
Pour son feu rallumer. Mais voiant que ses peines
Son astuce & credit, & ses forces sont vaines :
Que ̃ ̃tre tout espoir la France desormais
S'appreste a recevoir la iustice & la paix,
Se resould a la mort, pour vos chers freres suiure
Car la ligue mourant elle ne peut plus vivre.
Son cœur de rage gros creve par le milieu,
L'ame part de son corps pour aller en son lieu. (sorte
Nu. Quelle est morte? o regret! sus mon ame qu'ã
N'attendons rien de bien, nostre esperãce est morte,
La ligue est au tõbeau. Gal. Encor de toutes parts
Pour vous venir blocquer on mande des soudarts.
Num. Tout ce que les destins, que les cieux, que les
astres
Peuuẽt sur nous verser d'encombres, de desastres,
Oragez, tempestez, tombés tombés sur moi,
Devancez le danger ou perdu ie me voi,
Accablez moi plustost que la rage ennemie
Du François mutiné triomphe de ma vie.

He

He! que tardés vous plus s'il est vn Iupiter
Comme l'on croit, la haut, que ne vient il ietter
Son foudre redouté sur mon chef execrable?
Suis ie moins que Tiphée envers le ciel coulpable?
Quel parricide enorme, he! quel sanglant mesfait
N'ai-ie desia commis, n'ai-ie cruel ia fait?
N'ai ie engorgé le sang de maint massacre horrible
N'ai ie autre Phaëthon pourchassé l'impossible?
Ne suis-ie ambitieux du devoir fourvoié?
Pourquoi donc, pourquoi donc ne suis-ie foudroié
O Dieux sourds a mes cris, Dieux cruels, implaca
Vos tonnerres grondäts, vos esclats effroiables (ble
Seront ils espargnés, he! vivrai ie chetif?
Me verrai-ie vivant, Encadené captif
Pour seruir de triomphe a la France offensée?
Ah plustost, ah plustost soit ma dague lancée
Dans mon estomach nud. Hier. He Dieu que dite
      vous?   (vous,

Num. *Que ie veux devancer des destins le cour.*
Hier. *Quoi vous homicider? he quel tigre sauvage,*
N'auriez vous excedé en fureur & en rage?
Ah ne le faites pas, les rugissants Lions,
N'exercerent iamais leurs courages felons
Contre leur propre chair. Num. *Ne m'en chaut*
     que ie face,
                            Pour

Pour fuir aux tourmens la mort m'eſt vne grace.

Hier. Laiſſons pour des Catons ce treſpas malheu-
    reux.

Nu. Ie ne leur veux ceder vn acte valeureux. (tue.

Hier. O Dieu quelle valeur, quand ſoi meſme on ſe

Nu. Ie mourrai, ie mourrai, ma mort eſt reſolue,

Ie ſuivrai le beau trac des antiques Romains,

De ces genereux Grecs qui ont trampé leurs mains

Dedãs leur ſang fumeux ſuiãt par morts ſoudaines

Les non mourables morts des nõ mourables peines.

Hier. Ceux qui dedans leur flanc leurs mains ont
    ſanglanté,

Mouroient pour n'aſſervir leur douce liberté,

Sous le joug enuemy, mais vous tout au contraire

Pour n'avoir peu meurtrir un Roi franc ni deffaire

Vous caurez a la mort. Num. Ceſt mon refuge ſeur

Hier. Ah laiſſés ie vous prie ce poignard meurtriſ-

Oſtés de voſtre main ceſte brillante l'ame,   (ſeur.

Num. Ie veux au noir Pluton ſacrifier mon ame,

Hier. O malheureux vouloir. Num. Laiſſés li-
    bre mon bras.

Hier. Que ie raviſſe donc ce tranchant coutelas.

Num. Quoi m'efforcerez vous? Hier. Hé! pour-
    roiſ-ie permettre,

                   I   De

De voir ensanglãter entre mes bras mon maistre,

Ia n'advienne ô mon Dieu la mort vient asses tost,

Le chemin des enfers iamais iamais ne clost,

Et peut estre Cloton & sa sœur l'homicide,

Le filé de vos iours ou couppe ou redevide

Sans advancer vostre heure. Num. O quelle cru-

Tu vivras donc povret contre ta volonté,   (auté,

O miserable Duc tu es forcé de vivre: (vre:

La mort te craint, te fuit, & la mort tu veux sui-

Tu veux borner tes ans, & mourant tu ne peux

Chetif qui n'as pouuoir de mourir quand tu veux,

Furieux tu enrages, & ta main desarmée.

Ne peut effectuer ta cholere allumée.

O malheurs entassés, o des tourments l'amas?

Ou tourneront mes yeux, ou tourneront mes pas?

Que ferai-ie, ou irai-ie, en quel antre effroiable

Porterai-ie cacher ma teste abominable?

Resterai-ie en la France ou mes bras execrés

Sont tant de fois rougis dans les corps massacrés

Des innocens François, me paissant de carnage

Sans respect, choix, pitié, d'estat, de sexe & d'âge?

Quel caverneux rocher, he quel umbreux desert

M'y voudroit retenir vn seul iour a couvert?

Or que France outragée & m'abhorre & deteste,

                                        Pour

Pour estre le flambeau, le bourreau & la peste,
Qui de feu, qui de fer, qui de sourde poison
Bruste, meurtrit, esteinct les François & leur nom:
Fiere desloiauté, parricide damnable,
Ingratte recompense a la France amiable,
Pour m'avoir allaité, rechauffé & nourri,
Arraché du bourbier ou ie feusse pourri,
A France qui a fait d'vne trop douce cure
D'vn si mauuais enfant mauuaise nourriture.
Ou faut il donc fuir? irai-ie vagabond
Fendre les flots chenus de l'Ocean profond,
Pour m'accuser aux bords de la claire Tamise?
Mais las? ne suis-ie pas ennemy de l'Eglise?
Ennemi de la paix, de la vertu, des loix,
Dons de Dieu florissants, parmi le peuple Anglois?
N'ai-ie cent fois tasché ceste Isle rendre serue
Sous le iong Castillan massacrant sa Minerue,
Horrible invention aussi pour s'en venger
Le severe Breton sur son bord estranger,
Me feroit torturer & reprendre la place
De ceste autre Laïs, vrai Surgeon de ma race.
　　Si i'aborde le Rhin pour aux maux obuier,
Me voila sous la main du Tudesque guerrier,
Qui ayant fait monter dans sa moitte cervelle

La fumeuse liqueur du doux fils de Semelle
Se faisira de moi, & de chaînes preßé
Me rendra magnanime au François offensé.

    Si franchiffant les monts ou la belle Pyrene
Reçeut l'embraffement du vaillant fils d'Alcmene,
Au fuperbe Efpagnol ie me vai refugier.
Ie me ieEte abusé de moi mefme au dangier.
N'ai ie pas fecond chef de la Ligue efperdue
Touché le riche prix de la France vendue
Sans l'advancer de rien, dont ie ferai, menteur
Plus rudement traité que par l'Inquifiteur.
O cruauté du Ciel ou fuirai-ie ma peine ?
Aurai-ie pour recours la bombance Romaine ?
I'ai touché leur moien fans rien effeEluer.   (tuer:
Hier, Non, non Monfieur, il faut du tout s'efuer.
Il faut avoir recours du tout aux Iefuites,
Et aux autres Prefcheurs: les bornes & limites
De leur charge par tout, ils outrepafferont
Comme ils ont defia fait: & bien deftourneront
Tout ce peuple abruti de la vraie obeiffance,
    Quil doit a fon feul Prince: & le feu & la lance
Et tout genre de guerre ils tourneront vers lui.
Les Huguenots feront feullement fon appui ,   (fte,
Qui feront toft deffaits, car voftre armée eft pre-
                                                              Le

Le peuple est revolté enrageant rompre teste
A tous vos ennemis. Hastons nous, prenons cœur:
Courons sûs des premiers, que tout brave ligueur
Monte tost à Cheval, la Ligue n'est pas morte,
Elle est plus qu'onc ne fut & en sera plus forte:
Fortune est variable, & change aussi souvent,
Que les Femmes d'avis, que la mer, que le vent,
On abhorre ce fait, vôions en une issüe,
Qui tue ainsi autrui, il advient qu'on le tüe.

I'ai adjousté ceste Ode d'vn certain
ami, pour remplir ce caier.

NE vous plaignés pas de moi
    Vostre esmoi,
Vient de vous seule deesse:
Si vous m'eussiez dit vn iour
    Vostre amour
Vous seriez or ma maistresse.

    Vous avez tenu long temps
        Ce feu lent
Couvert sans monstrer sa flame,
Il valoit mieux l'esventer
    D'vn doux air,
Que de consommer vostre ame.

    Il est bon d'estre discret
        Et secret

I 3

En cest amoureux seruage,
Mais il ne faut pour guerir
Tant couurir
Le mal qui nous endommage.

I'ouy bien sur mon partir
Vn souspir,
Lancé du fonds de vostre amé,
Ie ne pensay pas pourtant
Estre tant
Vostre fauorit ma Dame.

Ie plains belle helas! ie plains
Et espreins
Dès sanglants torrents de larmes:
Vous voiant hors de iouir
Du plaisir,
Qui auroit d'amour les armes,

Si mon cœur auoit esté
Arresté
De vos tresses argentines;
I'auroie nommé ses durs lacs,
Doux esbats,
Et ses fers, chaines benignes,

Vos deux petits arcs voutez,
Veloutez
M'auroient tiré tant de fleches:
Qu'on eust peu voir dans mon cœur
La douleur,

Entrer par cent mille breches.

Ces beaux soleils radieux
Vos bruns yeux,
Auroient tant blessé mon ame;
Qu'il m'auroit fallu mourir
Ou courir
Vers vous comme au seul dictame.

Ce doux baume qui se sent
Si souvent
Que vostre bouche respire;
Auroit allegé l'ardeur
Que mon cœur
Eust souffert en son martyre.

J'aurois pris mon passe-temps
Contemplant
Vos deux rangs de perles fines :
Et n'aurois mignardisé
Ni baisé,
Que vos levres coralines.

Ces monts d'albaßre polis
Enrichis
De deux rouges fraiselettes;
Auroient chatouillé mes sens
Vivement
De leurs poinctures secrettes.

Vos bras m'auroient enlacé
Et preßé

Nos corps & nos cœurs ensemble;
Comme on voit souventesfois
Par les bois
Le l'hierre accoller un tremble.

Mais ne vous ayant pas pleu
Ni voulu
Descouvrir vostre pensez
Si i'ai recherché ailleur
Autre cœur,
N'en soiez pas offensée.

Si non contre le malheur
Et rigueur
D'une fiere destinée
Qui vous faisoit lors tenir
Pour petit
En ce silence obstinée.

FIN.

Apres le sixiesme vers de la 26. Page
adjoustez cestui-ci obmis,

Aux escaillés troupeaux des humides campagnes,

Apres le 8. vers de la 77. Page.

Plus que l'air nourricier qui tout plaisir nous livre

www.ingramcontent.com/pod-product-compliance
Lightning Source LLC
Chambersburg PA
CBHW051151260626
47170CB00005B/2061